PURO PLACER

OLIV

W9-DAS-497

WITHDRAWN

HARLEQUIN™

Editado por HARLEQUIN IBÉRICA, S.A.
Núñez de Balboa, 56
28001 Madrid

© 2013 Olivia Gates
© 2014 Harlequin Ibérica, S.A.
Puro placer, n.º 1986 - 25.6.14
Título original: Claiming His Own
Publicada originalmente por Harlequin Enterprises, Ltd.

I.S.B.N.: 978-84-687-4205-2
Depósito legal: M-8555-2014
Editor responsable: Luis Pugni
Fotomecánica: M.T. Color & Diseño, S.L. Las Rozas (Madrid)
Impresión en Black print CPI (Barcelona)
Fecha impresion para Argentina: 22.12.14
Distribuidor exclusivo para España: LOGISTA
Distribuidor para México: CODIPLYRSA
Distribuidores para Argentina: interior, BERTRAN, S.A.C. Vélez
Sársfield, 1950. Cap. Fed./ Buenos Aires y Gran Buenos Aires,
VACCARO SÁNCHEZ y Cía, S.A.

Prólogo

Dieciocho meses antes

Caliope Sarantos se quedó mirando la prueba que sostenía en la mano. Era la tercera que se hacía. Había dos rayitas rosas en sendas ventanitas: estaba embarazada. A pesar de que había usado métodos anticonceptivos, estaba en cinta.

Un cúmulo de emociones contradictorias se agolpaba en su pecho. Hiciera lo que hiciera, su mundo nunca volvería a ser el mismo, y lo más probable era que su relación idílica con Maksim se hiciera pedazos. Si ella no sabía qué pensar respecto a la noticia, él…

De pronto, el corazón se le aceleró. Él estaba allí.

Como siempre, Caliope sintió su presencia antes de oírlo. Sin embargo, en esa ocasión, no la invadió la alegría. Sabía que, cuando se lo contara, todo se estropearía.

Maksim entró en el dormitorio donde le había enseñado lo que era la pasión y donde seguía mostrándole que las intimidades y placeres que podían compartir no tenían límite.

Se acercó a ella, mirándola con deseo, mientras se

3

quitaba la corbata y se desabrochaba la camisa como si le quemara la piel. Tenía hambre de ella, como siempre. Aunque lo que iba a contarle extinguiría su deseo. Un embarazo no buscado era lo último que él esperaba.

Aquella podía ser su última vez juntos. No podía contárselo todavía, se dijo Caliope. No hasta que no hiciera el amor con él.

Poseída por el deseo, lo atrajo a ella en la cama, temblando de ansiedad por tenerlo entre sus brazos. Se devoraron los labios y, antes de que ella pudiera rodearlo con las piernas, Maksim se lanzó a saborear sus pechos. Susurrando palabras de deseo, le acarició y le succionó los pezones con la intensidad perfecta, haciéndola gemir de placer. A continuación, le posó una mano entre las piernas.

Mientras Caliope gemía sin cesar, él deslizó dos dedos entre sus pliegues húmedos y calientes. Con solo un par de movimientos, el orgasmo la inundó, meciendo su cuerpo en una deliciosa corriente eléctrica. Apenas hubo terminado su clímax, Maksim bajó la cabeza entre sus piernas temblorosas, se las colocó sobre los hombros y comenzó a explorarla con manos, labios y dientes, hasta que ella estuvo al borde del éxtasis de nuevo.

–Por favor, basta –rogó ella–. Necesito tenerte dentro de mí…

Maksim levantó su poderoso rostro para mirarla.

–Deja que me sacie de tu placer. Ábrete para mí, Caliope.

4

Al instante, ella obedeció, dejando caer las piernas como pétalos de flor, rindiéndose a él. Maksim la devoró, saboreando su esencia más íntima y, como si hubiera intuido con exactitud el momento justo para hacerlo, la penetró con su lengua, haciendo que ella gritara mientras un interminable orgasmo la inundaba.

Antes de que Caliope tuviera oportunidad de recuperar el aliento, él se tumbó encima y la besó, entrelazando sus lenguas, mezclando el sabor de ambos cuerpos, que eran solo uno.

Entonces, él levantó los ojos hacia ella, al mismo tiempo que su erección buscaba la entrada, y con un rugido de deseo, la poseyó.

Caliope gritó al sentir la enormidad de su posesión. Él también gimió de placer y, agarrándola de las caderas, la penetró con más profundidad, llegando a su punto más sensible.

Sabiendo a la perfección lo que hacía, Maksim salió y entró de nuevo, una y otra vez, hasta que, jadeante, Caliope se retorció contra él, pidiéndole que terminara con aquella exquisita tortura. Solo entonces él se entregó por completo, dándole lo que le pedía, al ritmo y la cadencia que ella ansiaba.

Sus arremetidas fueron cada vez más rápidas, hasta que ella gritó y se arqueó en un espasmo, apretándose contra él mientras el clímax explotaba en su interior.

En medio de su delirio, Caliope lo oyó rugir, sintió su enorme cuerpo sacudiéndose y su semilla llenándola. Instantes después, se desplomó sobre ella, saciado, satisfecho.

Ella se volvió hacia él, admirando sus labios hinchados de tantos besos. Tenía un aspecto muy viril y vital y era… suyo.

Caliope nunca había pensado en ello, pero era la verdad. Desde que lo había conocido, Maksim Volkov había sido suyo y solo suyo.

Maksim, magnate del acero, era uno de los hombres más ricos y poderosos del mundo. Y, en cuanto lo había visto cara a cara en una cena benéfica hacía un año, había tenido la certeza de que aquel hombre era capaz de poner cabeza abajo su mundo. Y ella se lo había permitido.

Caliope recordó con viveza cuando le había dado permiso para besarla a los pocos minutos de conocerlo. Recordó cómo su boca la había poseído con fiereza, la había llenado de la ambrosía de su sabor y la había dejado sin aliento. Nunca antes se había sentido tan embriagada por un beso. Ni había creído necesitar que un hombre la dominara.

En menos de una hora, aquel día, Caliope se había dejado llevar a la suite presidencial de Maksim, sabiendo que no sería capaz de negarle nada. Aunque, de camino al hotel, había tenido la claridad mental suficiente como para informarle de que era virgen. Ella nunca olvidaría su reacción. Él la había mirado con fuego en los ojos y la había besado con pasión, sellando así su posesión.

–Será un honor para mí ser el primero, Caliope. Y haré que sea inolvidable para ti.

Maksim había cumplido su promesa. Su encuentro había sido tan abrumador para ambos que no habían podido dejarlo como una aventura de una noche. Pero, por el desastroso ejemplo de sus propios padres, ella había pensado que el compromiso solo podía conducir a la decepción y a la destrucción del alma. Y no había tenido ganas de arriesgarse.

Sin embargo, no había podido resistir la necesidad de estar con Maksim. La intensidad de su deseo le había obligado a asegurarse de nunca hacer nada que pudiera poner en peligro su relación.

Para ello, Caliope le había pedido que observaran ciertas reglas siempre que estuvieran juntos. Para empezar, solo estarían juntos siempre que los dos sintieran la misma pasión y las mismas ganas de verse. Después, cuando el fuego se hubiera extinguido, se despedirían como amigos y continuarían con sus vidas.

Maksim había aceptado sus condiciones, aunque había añadido una de su propia cosecha, no negociable. Exclusividad.

La propuesta había dejado perpleja a Caliope, pues era un hombre con nutrida reputación de mujeriego, y le había hecho desearlo aun más. Sin embargo, nunca había dejado de preguntarse cuánto tiempo les quedaría juntos. Ni siquiera en sus fantasías más ambiciosas se había atrevido a soñar con que lo suyo fuera a durar para siempre.

Aun así, había pasado un año y su pasión no había dejado de crecer.

Caliope no estaba dispuesta a perderlo. No podía… Pero tenía que decírselo…

—Estoy embarazada.

Con el corazón acelerado, se sorprendió a sí misma con aquellas palabras claras y directas. Acto seguido, se hizo el silencio.

Maksim se quedó de piedra. Solo sus ojos parecían tener vida. Y su expresión era inequívoca.

Si Caliope había tenido alguna esperanza de que su embarazo hubiera sido bien acogido, se hizo pedazos en ese mismo instante.

De pronto, le faltó el aire y se apartó de él. Temblorosa, se incorporó en la cama, tapándose con la sábana.

—No tienes por qué preocuparte. Este embarazo es mi problema, igual que es asunto mío el haber decidido tener el niño. Solo creí que tenías derecho a saberlo. Igual que tienes derecho a sentirte y actuar como quieras respecto a ello.

Con rostro lleno de amargura, Maksim se incorporó también.

—No me quieres cerca de tu hijo.

¿Cómo había podido sacar esa conclusión?, se preguntó ella.

—Es tu bebé también —acertó a decir ella—. Estoy dispuesta a darte un lugar en su vida, si es que tú lo quieres.

—Quiero decir que no te conviene que esté cerca del bebé. Ni de ti, ahora que vas a ser madre. Pienso darle al niño mi apellido, hacerlo mi heredero. Pero nunca tomaré parte en su crianza —le

8

espetó él y, antes de que Caliope, confusa, pudiera encontrarle sentido a sus palabras, continuó–: Pero quiero seguir siendo tu amante. Siempre que tú quieras. Cuando ya no me quieras, me iré. Los dos tendréis siempre mi apoyo sin límites, pero no podré formar parte de vuestras vidas –aseguró, y la miró a los ojos con vehemencia–. Esto es todo lo que puedo ofrecerte. Así soy, Caliope. Y no puedo cambiar.

Ella le sostuvo la mirada y supo que debería rechazar la oferta. Lo mejor para ella sería echarlo de su vida en ese momento y no después.

Sin embargo, no fue capaz de hacerlo. A pesar del daño que sabía que sufriría en el futuro, no era capaz de sacrificar lo que tenían en el presente para evitarlo. Por eso, aceptó sus nuevas condiciones.

A lo largo de las siguientes semanas, Caliope continuó preguntándose si había hecho mal en aceptar. Por una parte, notaba que él estaba más distante. Pero, por otra, siempre volvía a ella más hambriento que la vez anterior.

Entonces, justo cuando cumplió siete meses de embarazo y estaba más confundida que nunca acerca de su relación, Maksim… desapareció.

Capítulo Uno

En el presente

—¿Y nunca volvió?

Cali se quedó mirando a Kassandra Stavros, anonadada. Necesitó unos segundos para comprender que su amiga no podía estar hablándole de Maksim. Después de todo, Kassandra no sabía nada de él. Nadie sabía que era el padre de su hijo.

Cali había mantenido en secreto su relación. Incluso cuando no había tenido más remedio que comunicarle a su familia y amigos que estaba embarazada, se había negado a confesar quién era el padre. Aun cuando había albergado esperanzas de que él se hubiera quedado en su vida después del nacimiento del bebé, su situación había sido demasiado inestable como para explicárselo a nadie. Y menos a su conservadora familia griega.

La única persona que sabía que no la habría juzgado era su hermano Aristides. Aunque lo más probable era que hubiera querido romperle la cara a Maksim. Cuando se había visto en una situación similar, Aristides había hecho lo imposible para reclamar a su amante, Selene, y a su hijo, Alex. Tenía un alto sentido del honor y la familia, por lo que habría querido obligar a Maksim a cumplir con su responsabilidad. Y, conociendo a Maksim, aquello habría provocado una guerra.

De todas maneras, Caliope no había querido que Maksim la considerara una responsabilidad, ni quería que Aristides luchara sus batallas. Ella le había dicho a su amante que no le debía nada. Y lo había dicho en serio. En cuanto a Aristides y su familia, era una mujer independiente y no necesitaba su bendición ni su aprobación. No había querido que nadie le dijera cómo tenía que vivir su vida, ni que juzgaran el acuerdo al que había llegado con Maksim.

Luego, cuando Maksim había desaparecido, solo les había dicho que el padre de Leo no había sido importante para ella.

En ese momento, Kassandra estaba hablando de otro hombre que había tenido un comportamiento similar, el padre de Cali.

En su opinión, la única cosa buena que había hecho había sido dejar a su madre y a sus hermanos antes de que Cali hubiera nacido. Sus otros hermanos, sobre todo, Aristides y Andreas, nunca habían superado la negligente y explotadora manera en que su padre los había tratado. Al menos, ella no había tenido que convivir con él.

—No. Se fue un día y nunca más lo vimos —contestó Cali al fin, con un suspiro—. No tenemos ni idea de si sigue vivo. Aunque, si hubiera estado vivo cuando Aristides comenzó a hacerse rico, habría vuelto.

A su amiga se le quedó la boca abierta,

–¿Crees que habría vuelto a pedirle dinero al hijo que había abandonado?

–No puedes imaginarte que exista un padre tan vil, ¿verdad?

Kassandra se encogió de hombros.

–Supongo que no. Mi padre y mis tíos son demasiado sobreprotectores conmigo.

Cali sonrió, pues sabía que era cierto.

–Según Selene, les das motivos más que suficientes para querer protegerte.

–¿Selene te ha hablado de ellos? –quiso saber la bella Kassandra, riendo.

Selene, la esposa de Aristides y la mejor amiga de Kassandra, le había hablado de ella antes de presentarlas, asegurándole a Cali que iban a llevarse muy bien. Y así era, por suerte para Cali, que necesitaba tener una amiga con quien hablar, alguien de su edad, temperamento e intereses.

En los últimos dos meses, habían quedado en varias ocasiones, cada vez conociéndose mejor. Sin embargo, aquella era la primera vez que Kassandra le hacía una pregunta tan personal sobre su familia.

–Selene solo me ha contado lo básico –afirmó Cali, deseando dejar de hablar de su propia vida–. Me dijo que dejaba los detalles divertidos para que tú me los contaras.

Kassandra se recostó en el sofá, con su precioso cabello rubio y sus grandes ojos verdes brillando con alegría.

–Sí, creo que alguna vez he puesto en jaque sus estrictos valores morales, sus expectativas conservadoras y sus esperanzas para mí. He perdido una oportunidad detrás de otra de adquirir un patrocinador rico y socialmente exitoso con quien procrear y darle a mi familia descendientes, a ser posible masculinos, que continúen el camino emprendido por mis implacables y triunfadores hermanos y primos.

El humor satírico de Kassandra hizo reír a Cali por primera vez en mucho tiempo.

–Debieron de sufrir ataques al corazón colectivos cuando te fuiste de casa a los dieciocho, aceptaste trabajos de salario mínimo y, para colmo, te convertiste en modelo.

Kassandra sonrió.

–Atribuyen mi escandaloso comportamiento a anormalidades en mi nivel de azúcar en sangre. Ni siquiera hoy han aceptado mi forma de ser, a pesar de que tengo treinta años, he dejado atrás mis días como modelo de lencería y he llegado a ser una diseñadora famosa.

Kassandra era una mujer muy hermosa y, después de haber triunfado en la pasarela, solo hacía pases de modelos para causas benéficas. En la actualidad, también se había labrado un nombre como diseñadora de moda, en parte, gracias a las campañas publicitarias que Cali había creado para ella.

–Siguen preocupándose por los incontables peligros que creen que corro y porque me creen a merced de pervertidos y depredadores del mundo de la moda. Además, cada vez sufren más porque sigo soltera, incluso no dejan de advertirme que perderé mi belleza y mi fertilidad. Para una familia griega convencional, treinta años es el equivalente a cincuenta en otras culturas.

Cali hizo una mueca burlona.

—La próxima vez que se metan contigo, ponme a mí como ejemplo. Te darán las gracias por no haberles hecho caer en vergüenza con un hijo nacido fuera del matrimonio.

—Quizá debería seguir tu ejemplo —repuso Kassandra con un brillo travieso en los ojos—. No creo que exista ningún hombre en el mundo capaz de hacer que crea en el matrimonio, ni por amor ni para perpetuar el apellido Stavros. Por otra parte, Selene y tú, con vuestros bebés, estáis despertando mi instinto maternal.

A Cali se le encogió el corazón. Cada vez que Kassandra la comparaba con Selene, ella recordaba la cruel diferencia que había entre ellas. Selene tenía dos hijos con el hombre que amaba. Y ella tenía a Leo… sola.

—Ser madre soltera no es algo que pueda tomarse a la ligera —comentó Cali.

—Tú lo haces muy bien —opinó Kassandra, mirándola con compasión—. Recuerdo que Selene lo pasó fatal antes de que Aristides volviera. Para ella fue una carga demasiado pesada ser madre sola. Antes de conocer su experiencia, creí que los padres eran algo secundario, al menos, en los primeros años de vida de un bebé. Sin embargo, cuando vi cómo cambiaron Selene y Alex al tener a Aristides... –señaló y soltó una carcajada–. Aunque él no sirve de ejemplo. Las dos sabemos que solo hay uno como él en el mundo.

De la misma manera, Cali había creído que Maksim había sido único...

Sin embargo, Aristides se había comportado en el pasado como si hubiera sido igual de inhumano. Pero las apariencias engañaban.

Cali volvió a suspirar.

–No sabes lo que me impresiona muchas veces lo buen marido y padre que es Aristides. Antes creíamos que era tan impasible como nuestro padre.

Había sido en una ocasión en particular, en la noche en que su hermano Leonidas había muerto, cuando Cali había estado convencida de que Aristides no había tenido corazón, igual que su padre.

Mientras sus hermanas y ella se habían unido para llorar la terrible pérdida, Aristides se había hecho cargo de la situación con perfecto desapego. Había lidiado con la policía y con la funeraria, pero a ellas no les había ofrecido ningún consuelo, ni siquiera se había quedado después del entierro.

Aun así, se había portado mejor que Andreas, que ni siquiera había regresado para el funeral.

Pero la realidad había sido muy diferente. Su hermano había sido tan sensible que se había encerrado en sí mismo, negándose a mostrar sus emociones. En vez de eso, les había expresado su amor ocupándose de todo. Cuando Selene se había enamorado de él, sin embargo, lo había hecho cambiar por completo. Seguía siendo un hombre implacable en los negocios, pero en sus relaciones personales era mucho más abierto y cariñoso.

—¿Tan malo era tu padre? —quiso saber Kassandra.

Cali tomó un trago de té. Odiaba hablar de su padre.

—Su ausencia total de ética y su despreocupación por todo eran legendarias —contestó Cali al fin, incómoda—. Dejó embarazada a mi madre de Aristides cuando ella solo tenía diecisiete años. Él era cuatro años mayor y no tenía trabajo. Se casó con ella porque su padre lo amenazó con desheredarlo si no lo hacía. La utilizó a ella y a sus hijos para exprimir un poco más a su padre. Sin embargo, el dinero que le daba mi abuelo se lo gastaba solo en sí mismo. Después de que muriera el viejo, mi padre se quedó con la herencia y desapareció.

»Volvió cuando se la hubo gastado, sabiendo que mi madre se ocuparía de él con el poco dinero que tenía. Él entraba y salía de su vida y las de mis hermanos, y nunca era para ayudar. Cada vez que volvía, le juraba a mi madre que la amaba y se quejaba de lo dura que la vida era con él.

—¿Y tu madre lo dejaba volver? —preguntó Kassandra, sin dar crédito.

Cali asintió, cada vez más incómoda por la conversación.

—Aristides dice que nuestra madre no sabía

cómo negarse. Mi hermano maduró muy pronto y comprendía todo lo que estaba pasando, pero no podía hacer otra cosa más que ayudar a nuestra madre. Con solo siete años, tuvo que empezar a ocuparse de todas las cosas que su padre ausente no hacía, mientras mi madre tenía que hacerse cargo de los más pequeños. A los doce, dejó el colegio y tomó cuatro empleos para conseguir que llegáramos a fin de mes. Cuando mi padre desapareció para siempre, Aristides tenía quince años y yo estaba todavía en el vientre de mi madre. Al menos, tengo que dar gracias porque no envenenó mi vida como hizo con ella y con mis hermanos —confesó Cali—. Con su empeño, mi hermano trabajó en los puertos de Creta y llegó a ser uno de los más grandes magnates de navíos del mundo. Por desgracia, nuestra madre murió cuando yo solo tenía seis años, y no pudo ser testigo de su éxito. Aristides nos trajo a todos a Nueva York, nos sacó la ciudadanía americana y nos procuró la mejor educación que el dinero podía comprar —explicó—. Pero no se quedó con nosotros, ni siquiera se hizo americano, hasta que se casó con Selene.

Kassandra parpadeó, incapaz de comprender la inhumana forma de actuar del padre de Cali.

—¿Cómo puede ser alguien tan malvado con sus propios hijos? Sin embargo, hizo una cosa bien, aunque no fuera a propósito. Os tuvo a ti y a tus hermanos. Sois todos geniales.

Cali se contuvo para no responder. Sus tres hermanas, aunque las amaba mucho, habían heredado de su madre la pasividad e incapacidad de defenderse. Andreas, el quinto hermano de los siete era... un enigma. Por sus escasas interacciones con ella, había sacado la conclusión de que no era muy buena persona.

Por otra parte, aunque ella misma había creído escapar a la maldición de su madre, tal vez no lo había hecho. Cali había hecho con Maksim lo mismo que su madre con su padre: se había implicado con alguien equivocado. Luego, cuando había debido separarse de él, había sido demasiado débil y había necesitado esperar a que él la dejara.

Cali tenía una educación y era una mujer independiente, del siglo XXI. ¿Cómo podía justificar las decisiones que había tomado?

—¡Mira qué hora es! —exclamó Kassandra, poniéndose de pie de golpe—. La próxima vez, dame una patada para que me vaya y no te quite el poco tiempo que tienes para dormir. Sé que Leo se levanta muy temprano.

—Prefiero quedarme toda la noche aquí hablando contigo antes que dormir —replicó Cali.

Kassandra la abrazó con una sonrisa.

—Pues llámame cada vez que lo necesites.

Después de quedar con ella para otro día, Kassandra se fue.

Cali se quedó parada, abrumada por el silencio, embargada por un familiar sentimiento de desolación y soledad. Llevaba un año sufriendo por una sola razón: Maksim.

Sin pensarlo, se dirigió a la habitación de Leo.

Entró de puntillas para no hacer ruido, aunque sabía que su hijo tenía un sueño muy profundo. Al ver su pequeña figura bajo las sábanas, se emocionó, como siempre le ocurría cuando pensaba cuánto lo amaba.

Cada día que miraba a Leo, veía en él la versión infantil de Maksim. Su pelo era color caoba, ondulado. Tenía el mismo hoyuelo en las mejillas, aunque a Maksim no se le notaba a menudo porque no solía sonreír demasiado.

La única diferencia física entre padre e hijo eran los ojos. Aunque Leo tenía su misma mirada de lobo, su color era verde oliva, una mezcla de los ojos azules de Cali y el tono dorado de Maksim.

Llena de gratitud por aquel perfecto milagro que respiraba en su camita, se inclinó y posó un beso en su mejilla.

Cuando cerró la puerta tras ella, no le invadió el habitual sentimiento de depresión, sino algo nuevo. Rabia.

¿Por qué le había dado a Maksim la oportunidad de abandonarla? ¿Por qué había sido tan débil como para no dejarlo ella primero? ¿Por qué se había aferrado a él cuando había sabido, desde el principio, que aquello iba a terminar?

En su defensa, solo podía alegar que Maksim la había confundido cuando, después de cada separación, había vuelto a ella lleno de deseo.

Sin embargo, sus visitas no habían tenido estabilidad, habían sido demasiado irregulares. En vez de ponerles fin, ella se había aferrado a su oferta, sin querer ver lo poco esperanzador que era su comportamiento.

Tenía que reconocer que aún no lo había superado y que, tal vez, nunca se recuperaría de su desamor.

La rabia la invadió como la lava de un volcán. Estaba furiosa con él.

¿Por qué le había ofrecido Maksim algo que no había tenido intención de cumplir? Cuando se había cansado de ella, había desaparecido sin más, sin dignarse ni siquiera a despedirse.

Cuando había dejado de ir a verla, Cali no había podido creerlo y había pensado que había habido otra explicación para su desaparición. Por eso, había intentado localizarlo sin éxito, al fin, había comprendido que Maksim se había estado esforzando en hacerse inalcanzable, en impedir que contactara con él.

Durante meses, se había negado a creerlo. Había seguido intentando encontrarlo y se había dicho que nada malo podía haberle pasado, pues de lo contrario habría salido en las noticias. Sin embargo, en ocasiones, se había convencido de que algo terrible debía de haberle sucedido, diciéndose que no la habría abandonado de esa manera por su propia voluntad.

Cuando, al fin, había tenido que reconocer que eso, precisamente, era lo que había hecho Maksim, se había vuelto loca preguntándose por qué.

Había temido que su embarazo creciente hubiera podido interferir con su placer o la había hecho menos deseable a sus ojos. Pero sus sospechas se habían tambaleado cuando él había vuelto a ella, siempre lleno de pasión.

Se había enamorado de él. Tal vez él había empezado a notarlo y por eso había decidido alejarse de ella.

En cualquier caso, su desaparición había convertido los últimos meses antes de dar a luz en un infierno, no tan terrible como lo que había seguido al nacimiento de Leo. Ante los ojos de los demás, había funcionado sin problemas. Por dentro, a pesar de que tenía un hijo sano, una carrera, buena salud, dinero y una familia que la amaba, se había sentido desolada.

La necesidad de tener a Maksim a su lado la había invadido cada día. Había ansiado compartir a Leo con él, contarle lo que había logrado, sus avances, sus primeras palabras.

La situación había empeorado hasta el punto de que había empezado a imaginarse que él estaba con ella, mirándola con ojos de pasión. En muchas ocasiones, la fantasía le había jugado malas pasadas y, como en un espejismo, había creído verlo. Aquellas sensaciones fantasmales la habían hecho sentir todavía más desesperada.

Era mejor estar furiosa que deprimida. Al menos, le hacía sentir viva. Estaba harta de estar hundida. No iba a seguir fingiendo. Tomaría las riendas de su vida y al diablo con…

El timbre de su puerta sonó.

Sobresaltada, Cali miró el reloj de la pared.

Eran las diez de la noche. No podía imaginarse quién podía ir a verla a esas horas. Además, era extraño que no hubiera llamado al telefonillo primero. Fuera quien fuera, ¿cómo podía haber pasado la puerta de la entrada al edificio sin llamar?

A toda prisa, abrió la puerta, sin pararse a mirar por la mirilla... y se quedó petrificada.

Bajo la débil iluminación del pasillo, se topó con una figura oscura y grande, dos ojos brillantes clavados en ella.

Maksim.

A Cali se le aceleró el corazón. Se quedó sin respiración. ¿Era posible que, de pensar en él con tanta obsesión, hubiera conjurado su presencia?

El rostro que tenía delante era el mismo de siempre, aunque tenía también algo irreconocible. Cali se quedó mirándolo, hipnotizada por sus ojos, mientras las rodillas apenas podían sostenerla.

Entonces, se dio cuenta de algo más. Por la forma en que él se apoyaba en el quicio de la puerta, daba la impresión de no poder mantenerse en pie, de estar tan conmocionado como ella.

Sus labios hicieron una mueca repentina, como de... dolor. Pero fue su voz ronca lo que más hondo le caló a Cali.

—*Ya ocheen skoocha po tevyeh, moya dorogoya.*

«Te he echado mucho de menos, cariño mío».

Capítulo Dos

No hizo falta más.

No solo fue ver a Maksim. Lo más impactante fue escuchar de sus labios las palabras que siempre había soñado oír. Entonces, para completar aquella alucinación hecha realidad, la tomó entre sus brazos.

Pero no la abrazó con fuerza y seguridad como solía hacer en el pasado. Con cierto temblor y desesperación, unió sus bocas en un tosco movimiento. Ella se sumergió en su sabor, dejándose poseer por la pasión de sus labios.

Pero no debía hacerlo, se advirtió a sí misma. Por mucho que hubiera fantaseado con reencontrarse con él un millar de veces, era un imposible. Demasiadas cosas habían cambiado para ella.

Justo cuando Cali empezó a retorcerse, desperada por librarse de su abrazo, a punto de quedarse sin respiración, él apartó su boca.

—*Izvinityeh*… Perdóname… No pretendía…

Maksim se atragantó con su disculpa, pasándose las manos por el pelo. Entonces, Cali reparó en su barba de varios días, en su pelo revuelto. Además, había perdido peso. Con ese aspecto desarreglado, parecía una sombra del hombre lleno de vitalidad que había sido. Pero, si era posible, a ella le resultó más atractivo que nunca. Aquel toque de... desolación, le producía deseos de apretarlo contra su pecho...

Diablos... ¿Por qué estaba actuando como su propia madre?, se dijo Cali. Él se había ido sin decir palabra, había estado lejos de ella durante más de un año y, ahora, regresaba, sin explicaciones, solo le bastaba con decir que la había echado de menos y darle un beso para que ella se entregara a él sin pensarlo. ¿Cómo era posible?

No podía aceptarlo. Se había dejado besar porque la había tomado por sorpresa, justo cuando había estado pensando en él. Pero Maksim era parte de su pasado. Y no iba a dejarlo volver.

Cali levantó la vista hacia él.

–¿No vas a dejarme entrar? –preguntó Maksim, frunciendo el ceño.

Su ronco susurro caló hasta el último de los huesos de Cali.

–No. Y, antes de que te vayas, quiero saber cómo has llegado hasta mi puerta. ¿Has intimidado al conserje?

Maksim se encogió ante su tono helador.

–Podría haberlo hecho. Te aseguro que habría sido capaz de cualquier cosa con tal de llegar hasta aquí. Pero he entrado con tu código de acceso. Una vez vine aquí contigo.

Ella lo miró, sin comprender del todo.

–Marcaste tu código de acceso en la entrada.

–¿Quieres decir que me observaste mientras

metía el código y no solo te fijaste en el número de doce dígitos, sino que te lo aprendiste de memoria? ¿Hasta hoy?

Él asintió, impaciente por dejar ese tema.

—Me acuerdo de todo respecto a ti. De todo, Caliope —dijo él, y ancló sus ojos en los labios de ella, como si estuviera conteniéndose para no devorarlos de nuevo.

A ella se le encogieron las entrañas al instante...

Maksim dio un pequeño paso, sin atreverse todavía a cruzar la puerta.

—Déjame entrar, Caliope. Tengo que hablar contigo.

—Yo no quiero hablar contigo —repuso ella, luchando contra la tentación de someterse a su petición—. Has llegado un año tarde. La hora de hablar pasó cuando te fuiste sin darme una explicación. Hace nueve meses, dejé de tener ganas de hablar contigo.

Él asintió con dificultad.

—Cuando nació Leonid.

Así que conocía el nombre de su hijo, pensó Cali, aunque había usado la versión rusa de Leonidas. Lo más probable era que también conociera el peso del bebé y cuántos dientes tenía. Debía de aparecer todo bien recogido en un completo informe.

—Una observación redundante. Igual que tu presencia aquí.

—No puedo decir que me merezca que me escuches –se defendió él–. Pero, durante meses, estabas deseando saber por qué me había ido. Lo sé por todos los mensajes que me dejaste en el correo electrónico y en el contestador.

Así que la había ignorado, había dejado que se volviera loca de preocupación, y lo había hecho a propósito, caviló ella.

–Ya que recuerdas todo, debes de recordar por qué no dejaba de intentar contactar contigo.

–Querías saber si estaba bien.

–Ya que veo que sí lo estás… –comenzó a decir ella, e hizo una pausa, mirándolo de arriba abajo–. Aunque no tienes tan buen aspecto. Pareces un vampiro hambriento que trata de hipnotizar a su víctima para conseguir su dosis de sangre. O, peor aún, pareces un adicto a la cocaína.

Cali sabía que estaba siendo cruel, pero no podía evitarlo. Él había vuelto a su vida justo cuando la rabia había comenzado a apoderarse de ella.

–He estado… enfermo.

La forma en que lo dijo, la manera en que bajó la mirada, hicieron que a Cali se le encogiera el corazón.

¿Y si había estado enfermo durante todo ese tiempo?

No. No iba a hacer lo mismo que había hecho su madre, creyéndose las excusas de su padre hasta su lecho de muerte.

–¿Ni siquiera tienes curiosidad por saber por qué he vuelto? ¿Y por qué me fui? –preguntó él.

–No, nada de eso –mintió ella–. Hice un trato

contigo y solo te pedía dos cosas: honestidad y respeto. Pero no fuiste honesto cuando te cansaste de mí, y habrías mostrado más respeto hacia un desconocido que el que me has mostrado a mí.

Maksim se encogió de nuevo, como si lo hubiera golpeado, pero no intentó interrumpirla.

—Me esquivaste como si fuera una acosadora, cuando sabías que solo quería saber si estabas bien. Dejé de llamarte cuando las noticias sobre tus éxitos financieros me obligaron a pensar que nada malo te había pasado. Has perdido todo derecho a que te tenga en cuenta. No me importa por qué te fuiste, por qué me ignoraste, y no tengo ganas de saber por qué has vuelto.

Maksim exhaló con gesto amargo.

—Nada de lo que has dicho tiene ningún fundamento. Y, aunque nunca apruebes mis verdaderas razones por comportarme como lo hice, para mí fueron… abrumadoras en ese momento. Es una larga historia —balbució él y, en tono apenas audible, añadió—: Tuve un… accidente.

Aquella afirmación dejó a Cali sin palabras. Por dentro, un tumulto de preguntas ansiosas la invadió.

Cali lo observó con atención, buscando señales de daño. No vio nada en su rostro. Pero ¿y su cuerpo? Tal vez, en la penumbra del pasillo le estaban pasando desapercibidas horribles cicatrices.

Incapaz de soportar ese pensamiento, lo agarró del brazo y le hizo entrar para poder verlo mejor bajo la luz del vestíbulo.

Sintió un nudo en la garganta al darse cuenta de que había perdido mucho peso. Parecía tan… débil y frágil.

De pronto, él soltó un gemido y se tambaleó. Pero, antes de que pudiera caer al suelo, se incorporó y tomó a Cali en sus brazos, como si quisiera demostrarle que, a pesar de su estado de debilidad, podía sostenerla como si fuera una pluma. Sin poder evitarlo, ella se rindió a aquella fantasía que estaba siendo hecha realidad, dejando de lado toda su tensión y resistencia.

Recordó todas las veces que él la había llevado en sus brazos, mientras ella había apoyado la cabeza en su hombro, rindiéndose a su pasión, dejándose poseer donde y como él había querido.

Maksim se detuvo en el salón. Si hubiera podido hablar, Cali le hubiera rogado que la llevara a su dormitorio y no parara hasta que sus cuerpos se hicieran solo uno.

Sin embargo, él la depositó en el sofá y se arrodilló en el suelo a su lado, mirándola a los ojos.

—¿Puedo ver a Leonid? —pidió él con tremenda ansiedad.

Cali se quedó paralizada.

—¿Por qué?

—Sé que dije que no iba a mezclarme en su vida, pero no fue porque yo no quisiera —explicó él, leyéndola el pensamiento—. Fue porque creí que no podría y no debía.

Al recordar aquellos momentos, cuando había aceptado que Maksim nunca sería parte de su familia, Cali volvió a sentir el terrible dolor de su herida.

–Dijiste que no eras un hombre de confianza en esas situaciones.

–Lo recuerdas –dijo él con el rostro contraído.

–Es algo imposible de olvidar –repuso ella.

–Solo lo dije porque pensé que era lo mejor para ti y para nuestro hijo no tenerme en vuestras vidas.

–¿Por qué pensabas eso?

–Es una historia larga, como te he dicho. Pero, antes de que te lo explique, ¿puedo ver a Leonid?

Cielos. Se lo había pedido de nuevo. Maksim estaba allí y quería ver a Leo. Sin embargo, si se lo permitía, nada volvería a ser lo mismo y ella lo sabía.

–Está dormido… –contestó ella, sin poder encontrar una excusa mejor.

–Te prometo que no lo molestaré –aseguró él con gesto sombrío.

–No lo verás bien en la oscuridad. Y no puedo encender la luz sin despertarlo.

–Aunque no pueda verlo bien, podré sentirlo. Ya sé qué aspecto tiene.

–¿Cómo lo sabes? –inquirió ella–. ¿Estás haciendo que nos espíen?

–¿Por qué piensas eso? –preguntó él a su vez, sin comprender.

Con desconfianza, Cali le confesó sus sospechas.

–Tienes derecho a pensar lo peor de mí –afirmó él, frunciendo el ceño–. Si alguna vez hubiera hecho que te siguieran, habría sido para protegerte. Y no tenía razones para temer por tu seguridad, pues aunque era peligroso que te asociaran conmigo, me preocupé de mantener nuestra relación bajo secreto.

–¿Entonces cómo sabes qué aspecto tiene Leo?

–Porque te seguí.

–¿Cuándo? –preguntó ella, boquiabierta.

–De vez en cuando –repuso él–. Sobre todo, durante los últimos tres meses.

¡Así que no había estado imaginándose cosas cuando había creído verlo entre la multitud!, pensó Cali. Todas esas veces que había sentido su presencia, él había estado allí.

¿Por qué había hecho eso? ¿Por qué no se había acercado a ella en esas ocasiones? ¿Y por qué había decidido hacerlo en ese momento? ¿Por qué? ¿Por qué?

Cali deseó obtener todas las respuestas de inmediato.

Por otra parte, no podía negarle ver a su hijo. Asintiendo, se puso en pie. Cuando Maksim no se movió para dejarla pasar, se tropezó con él y cayó hacia atrás en el sofá. Él la sujetó y, mirándola a los ojos, le posó una mano en la nuca y rugió su nombre con voz ronca, como avisándola de que, si no se lo negaba, la besaría.

Cali no se lo negó. No fue capaz.

Animado por su silencio, él inclinó la cabeza y la besó con pasión.

Ella sabía que no podía dejar que aquello sucediera de nuevo. Sin embargo, cuando sus lenguas se entrelazaron y sus alientos se fundieron, estuvo perdida.

Cali se rindió a su deseo, derritiéndose en su boca, dejándose invadir por él. Maksim se apretó contra su cuerpo, frotándole los pechos y los pezones con su torso. Entonces, sin previo aviso, se separó y se puso en pie con gesto de alarma.

Ella necesitó unos segundos para comprender que el gemido que había escuchado provenía de Leo. Tenía un altavoz para monitorizar el niño en cada habitación.

Temblando, Maksim le ayudó a ponerse en pie y se hizo a un lado para dejarla pasar. Cali se dirigió al dormitorio de Leo, poseída por una extraña sensación de irrealidad, sintiendo cómo la presencia de Maksim invadía su casa.

La tensión creció según se acercaban a la puerta. Cali abrió y, antes de dejarlo pasar, se giró hacia él.

–Relájate, ¿de acuerdo? Leo es muy sensible al estado de ánimo de los demás –indicó ella. Esa era la razón por la que los primeros seis meses del bebé habían sido un infierno. El pequeño solo había sido un espejo de la desgracia de su madre. Ella había conseguido salir del paso bloqueando sus emociones, para no exponer a su hijo a su lado negativo–. Si se despierta, no creo que quieras que la primera vez que te vea sea así de nervioso.

Sin reparar en el torbellino de sentimientos

que se le agolpaba en el pecho a Cali, demasiado aturdido por los propios, Maksim cerró los ojos un momento.

–Estoy preparado.

Cali entró de puntillas, nerviosa, mientras él la seguía sin hacer ruido. Deseó que Leo se hubiera vuelto a dormir, pues aunque no tenía ni idea de por qué su padre quería verlo, prefería que aquella primera y, tal vez, última, tuviera lugar mientras el niño estuviera dormido. Al escuchar que el pequeño estaba roncando con suavidad, se relajó.

En ese instante, sin embargo, dejó de pensar en algo, incluso en Leo. Solo podía sentir la presencia de Maksim junto a ella. En la penumbra, lo observó con el corazón acelerado. Nunca había imaginado que él… él…

La expresión de Maksim estaba cargada de sentimiento mientras miraba a su hijo, con tanta intensidad que ella no pudo reprimir las lágrimas.

Su masculino rostro parecía una escultura, impregnado de perplejidad, asombro y… sufrimiento. Temblaba como si estuviera presenciando un milagro sobrecogedor.

Y Leo era un milagro, pensó Cali. Contra todo pronóstico, había llegado al mundo y ella no podría vivir sin él.

–¿Puedo… puedo tocarlo?

Cali se cayó de espaldas al escuchar su susurro lleno de reverencia. Y, cuando le miró el rostro, contuvo un grito de sorpresa. En la penumbra, sus ojos brillaban con… lágrimas.

Con el corazón en la garganta, Cali solo pudo asentir.

Tras unos momentos que él pareció necesitar para prepararse, acercó una mano temblorosa al rostro de su hijo.

En cuanto tocó con la punta de un dedo la mejilla de Leo, contuvo el aliento, como si acabara de recibir un golpe en el estómago. Así era también como se sentía Cali. Como si se hubiera quedado sin aire. Entonces, el pequeño se apretó contra aquella mano grande y fuerte, como un gatito pidiendo más caricias.

Sin dejar de temblar, Maksim le acarició la mejilla con el pulgar una y otra vez, con la respiración rápida y entrecortada.

—¿Son todos los niños tan increíbles?

Sus palabras sonaron roncas y llenas de sentimiento. Parecía que le costaba hablar. Era como si fuera la primera vez que veía a un niño. Al menos, la primera vez que se daba cuenta de lo increíble que era que un ser humano fuera tan pequeño y tan completo, tan precioso y perfecto, tan frágil y vulnerable y, al mismo tiempo, tan abrumador.

—Todos los niños lo son —susurró ella. Pero creo que estamos preparados para sentir especial afinidad por los nuestros. Ese vínculo nos hace apreciarlos más que nada en el mundo, solo vemos sus cualidades y no nos importan sus defectos. Eso nos hace soportar los problemas y las dificultades de la crianza con una fuerza que escapa a toda lógica.

Maksim la escuchó embelesado, como si cada

palabra fuera una revelación para él. Sin embargo, de pronto, su expresión se tornó inaccesible.

–Escapa a toda lógica –repitió él en voz baja.

Antes de que Cali pudiera decir o hacer nada, él posó los ojos de nuevo en Leo, apartó la mano y salió del dormitorio.

Ella lo siguió, despacio, asaltada por un torbellino de pensamientos contradictorios.

¿Qué le pasaba a ese hombre? ¿Qué significaba su comportamiento? ¿Y su sobrecogedora reacción al ver a Leo? ¿Acaso sufría algún trastorno bipolar que le hacía cambiar de actitud sin razón aparente? ¿Era la razón por la que la había abandonado de pronto y, luego, había vuelto?

Maksim detuvo sus pasos en el salón, con mirada oscura y ausente.

–No sé qué problema tienes y no quiero saberlo –señaló ella, mirándolo a la cara–. Has venido sin haber sido invitado, te has librado de mis preguntas dándome un par de besos y has visto a Leo. ¿Ya has terminado lo que venías a hacer? Quiero que te vayas y no vuelvas nunca o yo…

–Vengo de una familia de maltratadores.

Cali se quedó boquiabierta.

–Creo que es algo que ha estado pasando durante generaciones –continuó él con gesto inexpresivo–. Mi tatarabuelo lo era y sus descendientes siguieron sus pasos. Mi padre fue el peor de ellos, el más violento. Yo pensaba que lo llevaba en la sangre, que sería como ellos. Por eso nunca pensé en tener una relación, hasta que te conocí a ti.

Cali no pudo hacer más que mirarlo. Se había vuelto loca durante todo un año buscando respuestas. Pero ya no quería una explicación, sobre todo, si iba a ser peor que el abandono en sí mismo.

De todas maneras, él parecía absorto en su confesión, incapaz de detener las palabras que fluían de su boca como una cascada.

–Desde el primer momento, te deseé tanto que me asusté. Por eso, cuando me pediste que tuviéramos una relación sin ataduras, fue un alivio para mí. Creía que estarías segura conmigo mientras nuestro acuerdo fuera temporal y superficial. Pero las cosas no salen como uno espera y mi preocupación fue creciendo al mismo tiempo que mi deseo por ti. Vivía temiendo cuál sería mi reacción si decidías dejarme antes de que yo estuviera listo. Sin embargo, te quedaste embarazada.

Cali siguió embobada mirándolo, sintiendo que le temblaban las piernas.

–Mientras Leonid crecía en tu interior, cada día estaba más seguro de que había hecho bien en decirte que no entraría en vuestras vidas. Cada vez que no estábamos juntos, me invadía el desasosiego y tenía miedo de ir a buscarte con demasiada ansiedad y asustarte. Por eso, intentaba contenerme, espaciar las visitas. Pero solo me servía para volver a verte con más hambre de ti. Pensé que era cuestión de tiempo que tanta ansiedad acabara manifestándose con violencia. Por eso me obligué a desaparecer antes de que tuvieras a Leo, antes de terminar haciendo lo que hizo mi padre cuando nació mi hermana.

¿Tenía una hermana?, se preguntó Cali, sorprendida.

Maksim siguió hablando, ofreciéndole la horrible respuesta a su pregunta.

–Mi padre se había vuelto más y más irritable. Todos los días nos golpeaba a mi madre y a mí. Entonces, una noche, cuando Ana tenía seis meses, se volvió loco. Nos mandó a todos a urgencias. Mi madre y yo tardamos meses en recuperarnos. Ana se debatió entre la vida y la muerte una semana... hasta que murió.

Cali sintió como si una avalancha de rocas cayera sobre ella con las palabras de Maksim.

¿Y si Maksim perdía el control en ese momento? ¿Y si...?

Pero aquel hombre que tenía delante y que conocía tan bien no parecía estar a punto de un estallido de violencia. Más bien, parecía preso de la angustia más insoportable.

–¿Alguna vez has golpeado a alguien? –preguntó ella.

–Sí.

Su amarga admisión pudo haber despertado de nuevo los miedos de Cali, pero no fue así. No podía ignorar su intuición. Nunca se había equivocado cuando había escuchado su instinto.

Desde el primer momento que había visto a

Maksim, se había sentido segura con él, protegida, a salvo. Era un nombre noble, estable y, por eso, había confiado en él desde la primera noche juntos, sin reservas.

Cuando Cali comenzó a acercarse, él se puso tenso. Estaba claro que no quería su contacto, que se avergonzaba de lo que acababa de contarle. ¿Cómo había podido vivir pensando que había un maltratador en potencia dentro de él?

Ella quería hacerle saber que siempre lo había creído digno de confianza. Por eso le había sorprendido tanto que se marchara. No había sido capaz de digerirlo ni de entenderlo. Y le había roto el corazón pensar que se había equivocado respecto a él.

Pero no se había equivocado. Aunque sus razones hubieran sido erróneas, él solo había querido protegerlos a ella y a Leo.

Maksim dio dos pasos atrás, implorándole con la mirada que no se acercara más.

–Deja que te cuente esto. Me ha estado pesando desde que te conocí. Pero si te acercas más, lo olvidaré todo.

Entonces, Cali se detuvo y se dejó caer en el sofá donde él la había besado y señaló el lugar a su lado. Él se sentó.

–Aquellos a quienes golpeaste no eran más débiles que tú, estoy segura –afirmó ella.

–No.

–Eran tan fuertes como tú –adivinó ella–. Y tú nunca fuiste quien dio el primer golpe.

Él asintió.

–En mi pueblo natal, no siempre se acudía a las fuerzas del orden público para resolver un conflicto. Casi nunca había policía y la gente de a pie teníamos que resolver nuestros conflictos solos. Con frecuencia, mis vecinos acudían a mí para que los defendiera. Y se me daba bien, pues mi padre me había enseñado a usar la fuerza para resolver los problemas.

–Estoy segura de que no hiciste daño a nadie que no se lo mereciera.

–Era demasiado violento.

–¿Y perdías el control? –insistió ella.

–No. Sabía muy bien lo que estaba haciendo.

–Muchos hombres son como tú… soldados, defensores… Son capaces de utilizar la violencia para defender a los débiles contra sus agresores. Pero esos mismos hombres son los más gentiles con aquellos que dependen de su protección.

–Eso pensaba yo. Pero, con mi historia familiar, temía que tuviera debilidad por la violencia. Mi pasión por ti se intensificaba por momentos, pero cuando más miedo tuve fue una noche en especial –confesó él–. Sucedió cuando te estaba esperando en la cama y te acercaste a mí con un salto de cama color turquesa.

A ella se le cerró la garganta. Recordaba a la perfección aquella noche. Había sido la última que habían pasado juntos. Cuando se había despertado por la mañana, él se había ido.

–Nunca te había visto tan hermosa. Tu vientre

estaba hinchado con nuestro hijo y te lo estabas acariciando mientras te acercabas. Lo que sentí en ese momento fue una ferocidad tan increíble que me aterrorizó. No podía arriesgarme a que mis pasiones tomaran una dirección equivocada y acabar haciéndote daño.

A Cali se le saltaron las lágrimas.

—Lo ocultaste muy bien.

—No tuve que ocultar nada. Nunca tuve ganas de agredirte. Aunque la posibilidad de perder el control de mis pasiones me daba demasiado miedo —explicó él—. Pero créeme, en ningún momento estuviste en peligro de que te lastimara.

Ella meneó la cabeza para tranquilizarlo.

—Quiero decir que ocultaste bien esa pasión que sentías —repuso ella—. Yo no noté nada distinto de los demás días.

—Eso sí lo oculté —reconoció él, asintiendo—. Y, cuanto más intentaba no demostrarte lo que sentía, más nervioso me ponía. Si me sentía así cuando estabas embarazada, no podía arriesgarme a comprobar mis sentimientos después de que nuestro hijo hubiera nacido.

Debía de haber sido un infierno para él, caviló Cali.

—Los maltratadores no se preocupan por el bienestar de sus víctimas —señaló ella—. Los culpan por provocarlos, por hacerles perder los estribos —explicó—. Seguro que no viven con miedo a lo que pueden hacer. No te pareces en nada a tu padre.

–No podía arriesgarme –repitió él con el rostro contraído por el dolor.

–Háblame de él –pidió Cali.

Maksim exhaló. No había esperado esa petición. Y odiaba hablar de su padre.

Sin embargo, accedió.

–Era muy posesivo con mi madre, era celoso del aire que ella respiraba. Sospechaba de todo lo que ella hacía. Estaba tan trastornado que se ponía furioso cuando ella atendía a sus hijos. Hasta que, un día, se convenció a sí mismo de que mi madre lo estaba rechazando a nuestro favor, porque nosotros no éramos hijos suyos.

–Y fue entonces cuando él…

Maksim asintió.

–Después de darnos una paliza de muerte, nos llevó al hospital. El día que le dijeron que mi hermana había muerto, salió a la calle y se dejó atropellar por un camión.

Cielos, ¿cómo podía haber sido todo tan horrible?, pensó Cali. ¿Cómo había sobrevivido su madre a la violencia de su marido y a la terrible pérdida de su bebé? ¿Cómo podía haber mantenido la cordura?

–¿Cuántos… cuántos años tenías entonces? –balbució ella al fin.

–Nueve.

Lo bastante mayor como para entender lo que pasaba, para estar aterrorizado de forma permanente. Y para haber estado sufriendo durante demasiado tiempo.

–Y, desde entonces, has temido ser como él.

Maksim esbozó un terrible gesto de aversión. Y, aunque tuvo deseos de acariciarle la mejilla para consolarlo, ella se contuvo, esperando que continuara con la historia.

–¿Tu madre no se dio cuenta de que tu padre estaba trastornado antes de casarse con él?

–Admitió que había adivinado algo cuando habían estado saliendo. Pero había sido pobre y joven y él la había embaucado por completo. No se dio cuenta del todo de lo trastornado que estaba hasta la primera vez que la golpeó. Pero él siempre se mostraba tan arrepentido, tan enamorado después, que siempre la convencía para que lo perdonara. Era un ciclo interminable de abusos y miedo. Entonces, de forma inesperada, mi madre se quedó embarazada de Ana.

Como le había pasado a ella con Leo, pensó Cali. Quizá, aquella coincidencia había servido para incendiar más las oscuras proyecciones de Maksim.

–Pensó en abortar, temiendo que el nuevo nacimiento desatara todavía más la inestabilidad de mi padre. Lo mejor que él hizo jamás fue ponerse delante de aquel camión y librar a mi madre de su existencia. Pero, después de todo el daño que nos había hecho, fue demasiado tarde.

–Al dejarse atropellar, tu padre pagó de alguna manera por sus pecados… aunque le negó a tu madre el derecho a odiarlo, algo que le habría ayudado a superar la pérdida de su bebé –adivinó ella.

Maksim abrió mucho los ojos al escucharla.

–Había analizado el tema un millón de veces, pero nunca lo había visto desde esa perspectiva. Podrías tener razón. Ese bastardo… incluso al morir consiguió seguir torturándola.

Sin duda, Maksim amaba a su madre y se sentía protector con ella. Cali sabía que la defendería con su vida sin pensárselo. Una prueba más de que era un hombre de confianza y de que sus temores eran injustificados, pensó.

–¿Cómo pudiste pensar que algún día serías como él, con todo lo que odiabas su comportamiento?

–Porque pensé que odiar algo no implicaba no llegar a serlo. Y la evidencia de tres generaciones de hombres Volkov maltratadores era demasiado abrumadora. La noche en que Ana murió, tomé la decisión de no casarme nunca. No había puesto en duda mi resolución durante treinta años, nunca había sentido la necesidad de estar con nadie. Hasta que llegaste tú.

Maksim hablaba como si… ella le hubiera cambiado la vida. ¿Acaso la amaba?, se preguntó Cali, sin poder creerlo.

No. Si Maksim hubiera albergado ese sentimiento hacia ella, se lo habría confesado, pensó.

–Me fui, decidido a no volver jamás, aunque quería quedarme contigo, ser el primero en tener a Leo en mis brazos, no separarme de vuestro lado. Pero no pude escapar de mi propia condena. Empecé a seguirte, como un adicto incapaz de renunciar a su droga. Tenía que comprobar que Leonid y tú estabais bien, necesitaba estar cerca para intervenir, si me necesitabais.

Cali lo había necesitado cada segundo del último año...

Por el momento, Maksim había respondido a las preguntas que durante todos esos meses la habían torturado. Solo restaba una.

–¿Qué te ha hecho presentarte ahora, después de haber estado escondiéndote cada vez que percibía tu presencia?

Aquello lo sorprendió.

–¿Notabas mi presencia? Creí que me escondía bien...

–Nunca he dejado de sentir tu cercanía –reconoció ella.

La sordidez de su pasado dejó paso a una arrebatadora pasión al escuchar las palabras de Cali. Maksim tomó el rostro de ella entre las manos, temblando de deseo.

–El trato que hicimos nuestra primera noche y el que te propuse cuando me dijiste que estabas embarazada...

Cali dejó de respirar. ¿Acaso quería él asegurarse de que se mantuvieran aquellas condiciones?

–Necesito cambiarlos. Quiero ser el padre de Leonid en todos los sentidos... y tu marido.

Maksim contempló el rostro bello y estupefacto de Cali.

Cómo había echado de menos esa cara, pensó él. Sus rasgos eran el vivo reflejo de todos sus deseos y fantasías, un rostro perfilado por la elegancia, la armonía y la inteligencia. Cómo había echado de menos aquellos ojos de azul cielo, su pelo color caramelo, esa piel bañada por el sol... Se había estado muriendo por poder volver a ser testigo de sus miradas, de su respiración, su aroma, su deseo.

Como si saliera de un trance, Caliope parpadeó. Abrió la boca, pero no pudo emitir sonido alguno.

Su propuesta la había dejado atónita.

—Quieres casarte... —susurró ella—. ¿Quieres que nos casemos?

Él asintió con el corazón acelerado.

—Lo siento, pero no puedo entenderlo —repuso ella con un nudo en la garganta—. ¿Qué te ha hecho cambiar de idea de forma tan radical? —inquirió con los ojos muy abiertos—. ¿Es por el accidente que has sufrido? ¿Es eso lo que te ha hecho cambiar de perspectiva?

Maksim solo pudo asentir de nuevo.

—¿Puedes contarme qué te pasó? ¿O vas a necesitar años para hablar de esto también?

Incapaz de seguir sentado a su lado sin tomarla entre sus brazos, Maksim se puso en pie. Sabía que tenía que contárselo y que ella tenía derecho a saberlo.

Cali lo observaba con atención, recorrida por un millar de emociones.

—He venido aquí para abrirte mi corazón —confesó él, y se quedó parado, buscando la manera de empezar.

–No pienses tanto. Cuéntamelo sin más.

Cali se había mostrado comprensiva con la primera parte de su confesión, incluso había creído en él más que él mismo.

Y, ya que ella no había rechazado su proposición, todavía podía esperar que lo aceptara. Sin embargo, no podía presionarla. Antes, al menos, tenía que contárselo todo.

Maksim respiró hondo para continuar.

–¿Recuerdas a Mikhail?

Ella parpadeó ante lo superfluo de la pregunta, pues conocía bien a Mikhail. Era el único amigo de Maksim, el único que había estado al tanto de su relación.

Siempre que habían salido con Mikhail, Maksim había tenido la sensación de que Cali había conectado con su amigo mejor que con él. Había sentido un poco de celos ante lo fácilmente que habían hecho amistad.

Por otra parte, estaba seguro de que no había existido ninguna atracción entre ellos. Habían conversado y habían reído juntos, pero nunca habían actuado como si se hubieran gustado de forma más íntima.

–¿Cómo iba a olvidarlo? –replicó Caliope, sin comprender–. Aunque desapareció de mi vida al mismo tiempo que tú, me gusta pensar que era mi amigo.

–Lo era –afirmó él.

Cali lo miró horrorizada al escucharlo usar el tiempo pasado.

–Murió en el accidente –declaró Maksim.

Ella hizo una mueca, como si le hubieran dado un golpe, y al momento se le llenaron los ojos de lágrimas.

–Pero ¿no fuiste tú quien tuvo el accidente? –preguntó Cali, confusa.

–Sí, así fue –afirmó él, apretando los dientes–. Yo sobreviví.

Ella alargó la mano hacia él, ofreciéndole el consuelo que necesitaba, mostrándole su confianza sin hacer más preguntas.

Tomando su mano temblorosa, con el pecho henchido de emoción por aquel sencillo y significativo gesto, Maksim se sentó a su lado.

–Mikhail amaba los deportes de riesgo. Cuando yo no podía convencerle de que no hiciera algo, me unía a él –explicó Maksim–. Me sentía mejor si no lo dejaba solo, pues pensaba que podría ayudarlo si algo salía mal. Durante años, todo fue bien. Mikhail era meticuloso con las medidas de seguridad, y tengo que admitir que todas las actividades que realizaba eran muy emocionantes. Además, compartir con él esos momentos nos hacía estar más unidos. Hasta que un día, cuando nos lanzamos en paracaídas, el mío no se abrió.

Cali tomó una bocanada de aire, con los ojos llenos de terror. Lo miraba expectante, nerviosa, esperando el resto de la historia que había cambiado la vida de él para siempre y había supuesto el final de Mikhail.

–Mikhail se acercó para ayudarme. No podíamos usar ambos su paracaídas, pues no podía con el peso de los dos. Yo le grité que me soltara, que no se preocupara. Sin embargo, él me agarró y abrió su paracaídas.

Cali le apretó la mano con fuerza.

—Se aferró a mí con las piernas y no me soltó. Lo malo fue que nuestro peso nos hizo caer demasiado deprisa y nos desviamos del punto de aterrizaje, dirigiéndonos hacia un bosque. Yo sabía que ambos moriríamos, si no en el aterrizaje, al estrellarnos contra esos árboles. Entonces, me zafé y lo solté, rezando porque, al librarse de mi peso, él pudiera maniobrar y recuperar el rumbo. Intenté abrir mi paracaídas una vez más y, de pronto, se abrió. Al instante, choqué contra la copa de los árboles. Y perdí el conocimiento.

Maksim hizo una pausa, reviviendo la agonía por lo que había sucedido después. Mientras, Cali había dejado de llorar y lo miraba con ojos aterrorizados y respiración entrecortada.

—Cuando recuperé la conciencia, estaba todo oscuro. Estaba desorientado y agonizaba de dolor. Tenía las dos piernas rotas, como supe después, y heridas por todo el cuerpo. Tardé un rato en darme cuenta de que estaba en la copa de un árbol. Me dolía tanto el cuerpo al moverme que quise quedarme allí a esperar la muerte. Lo único que me dio ánimos para intentar bajar fue la necesidad de comprobar que Mikhail estuviera bien.

»Tenía el teléfono roto, así que ni siquiera podía esperar que alguien nos localizara mediante la señal GPS. Solo podía esperar que Mikhail estuviera bien o, al menos, mejor que yo y que su móvil funcionara. Tardé toda la noche en bajar del árbol. Cuando amaneció, lo vi tumbado en un pequeño claro a unos pocos metros, medio cubierto por su paracaídas, retorcido en una posición que dejaba claro que...

A Maksim se le cerró la garganta por aquel recuerdo insoportable. Entonces, Cali lo abrazó con todas sus fuerzas, sumergida en sollozos.

Él aceptó su consuelo y dejó que las lágrimas brotaran también por de ojos. La abrazó, sintiendo su calidez.

Y, aunque ella no le pidió que continuara, deseando ahorrarle aquellos agónicos recuerdos, Maksim no quería seguir teniendo ningún secreto con ella. Necesitaba que lo conociera tal cual era.

—Al final, llegué hasta él, pero no pude hacer nada más que mantenerlo caliente y prometerle que lo sacaría de aquello. Pero él sabía que solo uno de nosotros saldría vivo de allí. Sigo furioso porque fuera yo y no él —confesó Maksim, sintiendo que los brazos de ella lo abrazaban con más fuerza—. Me dijo que había dirigido su paracaídas hacia mí, temiendo que me perdiera en el bosque. Me alcanzó antes de que yo chocara y se las arregló para parar mi golpe. Eligió morir para salvarme.

Cali enterró la cabeza en su pecho, bañada en llanto.

—Pero no murió enseguida. Tardó un día entero... Me quedé tumbado con él en mis brazos mientras caía la noche y volvía a amanecer. Cada vez que perdía la conciencia, creía que iba a morir al fin, pero luego volvía a despertar, con mi amigo entre los brazos. Estuve así cuatro días, hasta que un equipo de rescate dio con nosotros.

Cali se encogió, temblando, mientras él la apretaba contra su pecho.

–Llegué al hospital medio muerto y tardé meses en recuperarme. En cuanto he podido valerme por mí mismo, he venido hasta aquí.

–Para seguirnos a Leo y a mí –adivinó ella, mirándolo con los ojos enrojecidos–. ¿Hace… hace cuánto tiempo sucedió el accidente?

–Menos de un mes después de la última vez que estuvimos juntos.

–Lo sabía –afirmó ella, apretándole el brazo–. Sabía que algo te había pasado. Por eso me volví loca cuando no me contestabas. Pero, cuando oí que tu empresa seguía en activo, pensé que me estaba engañando a mí misma.

–Mis ayudantes tomaban las decisiones por mí. Mantuvieron en secreto mi estado crítico para que no cundiera el pánico entre los accionistas. Aunque ya sabes que la razón por la que no te respondía no fue el accidente. No tenía intención de responderte, pero esperaba con ansiedad tus llamadas, releía tus mensajes una y otra vez, de forma compulsiva. Hasta que un día, dejaste de llamar…

Maksim había estado contando los días hasta la fecha de parto de Cali y, cuando ella había dejado de llamar, había adivinado que su hijo había nacido. Saber que Leonid y ella estaban bien había sido lo único que le había hecho mantener la cordura. Había tenido la esperanza de que ella siguiera llamándolo después de un tiempo y, al mismo tiempo, había rezado por que no fuera así. De todos modos, Cali no había vuelto a intentar contactar con él.

–¿Qué podía decirte? Tú me preguntabas en tus mensajes si estaba bien. ¿Cómo iba a contestarte que no lo estaba y que nunca volvería a estarlo?

–No todos los que han sufrido maltrato se convierten en maltratadores, Maksim –afirmó ella, mirándolo a los ojos con intensidad–. Nunca te has comportado como un trastornado, al menos, conmigo. ¿Cómo pudiste creer que ibas a convertirte en un monstruo, cuando tu comportamiento no daba señales de ello?

–No podía arriesgarme –admitió él–. Pero ahora todo ha cambiado.

–¿Porque te enfrentaste a la muerte y perdiste a tu único amigo? ¿Te hizo cambiar eso la opinión que tenías de ti mismo?

Maksim meneó la cabeza.

–No. Lo que me hizo cambiar fue el último día que compartí con Mikhail. Me dijo que no había arriesgado su vida por mí solo porque era mi amigo, sino porque yo era el único de los dos que tenía personas que dependían de mí... Leonid, tú y mi madre. Me hizo prometerle que no malgastaría la vida que me quedaba. Cuanto más pensaba en sus palabras durante mi recuperación, menor era mi temor a reproducir el comportamiento de mi padre. Al final, comprendí que mi miedo no era suficiente razón para renunciar a la única mujer con la que quería estar y al hijo que me habías dado. Y aquí estoy. Pero me aseguraré de que estéis a salvo de mí y de cualquier peligro.

Ella abrió los ojos, perpleja.

−¿Me aceptas como marido y como padre de tu hijo, *moya dorogoya*? −preguntó él de nuevo−. Quiero daros a Leonid y a ti todo lo que soy y todo lo que tengo.

Los ojos de Cali se inundaron de emoción. ¿Sería porque lo amaba o sería solo de alivio ante no tener que ser madre soltera?, se preguntó él.

En cualquier caso, Maksim aún no se lo había contado todo.

Y debía hacerlo.

Él le tomó la mano y se la llevó a los labios para besarla, sintiéndose como si fuera a saltar de ese avión otra vez, en esa ocasión, sin paracaídas.

−Hay una cosa más que tienes que saber. Tengo una fractura craneal que me ha provocado un aneurisma. Ningún cirujano se ha atrevido a llegar a él, pues hay muchas probabilidades de que muriera en la operación, y nadie es capaz de predecir su pronóstico. Puede que llegue a la vejez sin problemas, o puede romperse y provocarme la muerte en cualquier momento.

La mano de Cali se quedó helada. La apartó, se puso en pie de un salto y dio unos pasos atrás. Volviéndole la espalda, habló en un susurro:

–Vienes buscando mi perdón y el cobijo de una familia solo porque lo que te ha pasado te ha cambiado la perspectiva y las prioridades. ¿Y qué esperas que yo haga? ¿Esperas que te dé lo que necesitas?

Cuando él abrió la boca para defenderse, ella le hizo un gesto con la mano para que callara.

–Por tus propios miedos, tomaste la decisión unilateral de echarme de tu vida sin ninguna explicación cuando más te necesitaba. ¿Y ahora has vuelto porque crees que puedes morir en cualquier momento y quieres aprovechar la vida mientras puedas? ¿Cómo puedes ser tan egoísta?

Maksim se levantó y se acercó a ella despacio, temiendo que saliera corriendo.

–Nunca creí que me necesitaras. Me dejaste claro que nuestra relación era solo sexual –explicó él–. Esa fue una de las razones de mi miedo, yo quería más de ti y pensaba que mis sentimientos no eran correspondidos. Si lo hubiera sabido…

–¿Qué? ¿Qué habría cambiado? ¿Habrías olvidado las abrumadoras razones que te habían hecho abandonarme?

Maksim se pasó la mano por el pelo con desesperación.

–No lo sé. Quizá te habría contado lo que acabo de confesarte y te habría dejado que decidieras tú. Tal vez, me habría quedado y habría tomado cualquier medida necesaria para protegerte de mí.

–¿Qué medidas podías haber tomado para no convertirte en el monstruo que creías que podías ser?

–Algo se me habría ocurrido. Igual, algunas de las medidas que pensaba tomar ahora. Como hablarle a Aristides de mis miedos y pedirle que me vigile. O hacer que alguien esté presente todo el tiempo para que intervenga si me paso de la raya –explicó él, y le posó las manos con suavidad en los hombros.

Cali no se apartó, solo lo miró con gesto inexpresivo.

–Pensé que no necesitabas nada de mí –prosiguió él–. Me sentía inútil y, además, incapaz de estar contigo. Por eso, mi existencia no tenía sentido. Quizá, de forma inconsciente, le sugerí a Mikhail hacer aquel salto con la esperanza de morir en él.

–En vez de eso, le provocaste la muerte a tu amigo y te has causado un aneurisma –le espetó ella.

Maksim no había esperado que fuera cruel con él, sobre todo, después de lo compasiva que se había mostrado al principio. Pero la mayor crudeza de sus palabras residía en que eran solo la verdad.

–Todo lo que dices es cierto –reconoció él, dejando caer los brazos a los lados del cuerpo–, pero tengo la intención de hacer lo que sea durante el resto de mi vida para que me perdones.

–Tu vida puede terminar en cualquier momento.

Su crudeza le llegó a Maksim al corazón. Sin embargo, sabía que era lo que se merecía.

–Igual que la de cualquiera. La única diferencia es que yo soy consciente de ello.

–No solo eso. Además, estás experimentando los síntomas de forma obvia.

Maksim pensó que se refería a lo deteriorado de su estado físico y le sorprendió que ella se mostrara tan implacable con ese tema.

–El aneurisma no tiene síntomas. No tengo buen aspecto porque todavía no me he recuperado de las heridas y las operaciones, pero ahora…

–No.

Aquella palabra lo hirió como una bala.

–Caliope…

–No, Maksim. Rechazo tu propuesta –le interrumpió con determinación, y dio dos pasos atrás–. Y no voy a cambiar de idea. No tienes derecho a buscar la redención a expensas mías.

–Solo quiero redimirme para ti. Quiero ofrecerte todo lo que pueda. Y tú has admitido que me necesitabas.

–Solo he dicho que te fuiste cuando más te necesitaba. Pero hoy en día lo último que necesitamos Leo y yo es introducir tu inestable influencia en nuestra vida. No tenías derecho a desahogarte conmigo ni a esperar mi perdón. Te voy a pedir que sigas alejado de nosotros como hasta ahora.

Maksim se fue encogiendo con sus palabras. Sin embargo, ¿cómo podía haber esperado otra cosa?

Lo cierto era que no había esperado nada. De todos modos, la frialdad de Cali lo había tomado por sorpresa. Había creído que, si le desnudaba su alma, ella al menos tendría algo de compasión. No había creído que pudiera ser tan implacable, menos aún cuando le había confesado su fragilidad física.

Pero había sido justo cuando le había hablado de su diagnóstico médico cuando ella había cambiado la empatía por frialdad.

–¿Me rechazas porque no puedes perdonarme o porque ya no quieres estar conmigo? ¿O... solo lo haces por mi delicado estado de salud?

–No tengo por qué darte explicaciones, igual que tú no me las diste cuando desapareciste.

–Tenía que contarte toda la verdad, para que tomaras una decisión con conocimiento de causa...

–Te lo agradezco. Y ya he tomado mi decisión. Espero que la respetes.

–Si me rechazas por mi estado de salud, me aseguraré de que nunca os perjudique a Leonid ni a ti –insistió él–. Si me aceptas como tu esposo y el padre de Leonid, nunca tendrás que temer nada durante mi vida... ni después de mi muerte.

–Déjalo. He dicho que no. No tengo nada más que añadir.

Maksim la miró a los ojos, que brillaban como el hielo. Sin duda, cualquier sentimiento que hubiera albergado hacia él había muerto, adivinó. Al parecer, en el presente, lo que le ofrecía no solo le resultaba insuficiente, sino una aberración.

Y no podía culparla por ello. Era solo culpa suya haber albergado esperanzas, se dijo él.

Con rigidez, Cali se encaminó hacia la puerta

para mostrarle la salida. Él la siguió, hundido, sintiéndose mucho peor que la última vez que la había visto. Sin mirarlo, Cali apoyó la mano en el picaporte para cerrar la puerta en cuanto hubo salido, ansiosa por librarse de él. Cuando Maksim se giró hacia ella, en sus ojos, creyó percibir algo parecido al… ¿pánico?

Quizá era solo fruto de su imaginación, caviló él. Pero, antes de irse, debía hacerle una última pregunta.

—No me sorprende tu rechazo —murmuró Maksim— No me merezco otra cosa. Pero, al menos, ¿puedes permitir que vea a Leo?

Capítulo Tres

Cali se dejó caer en la cama. Había conseguido mantener la compostura hasta que él se había ido y, en cuanto había cerrado la puerta, había tenido que ir a toda prisa al baño para vomitar.

Luego, había llorado con todo su corazón, casi estuvo a punto de perder la conciencia en el suelo del baño. Había pensado que una ducha le ayudaría a quitarse de encima tanta angustia, pero no había sido así. No había podido parar de llorar.

Le había dado a Maksim una negativa. Rotunda y definitiva.

Con el estómago en un puño, se sintió como si la hubieran golpeado una y otra vez. Había sido todo difícil de sobrellevar, desde el momento en que lo había visto en su puerta.

Cali se llevó las manos a la cabeza, tratando de silenciar aquel pensamiento desgarrador.

Cali había revivido su pasado, sumiéndose en la más profunda devastación. Ella sabía lo que era amar a alguien, descubrir que iba a morir y perderlo de golpe. Solo de pensar en volver a pasar por eso, el pánico se había apoderado de todo su ser.

Y se había manifestado con furia. Cali estaba furiosa con Maksim por haber permitido que le sucediera aquello, y con el destino, por llevarse la vida de Mikhail y dejar a Maksim sentenciado.

Encima, su rabia no había hecho más que crecer ante la decepción. ¿Acaso había esperado que ella aceptaría sin pensarlo?

Al parecer, él ignoraba por completo cómo era ella y lo que sentía. Estaba demasiado concentrado en sus propios miedos y necesidades.

De todos modos, si apenas había sido capaz de sobrevivir a su anterior abandono, ¿cómo iba a poder sobrellevar perderlo para siempre?, se dijo.

Por eso le había dicho que no, guiada por puro instinto de supervivencia.

No obstante, no le había negado ver a Leo. No podía apartarlo de su hijo. Y, menos, en esos momentos. Aunque estaba segura de que, después de verlo unas cuantas veces, se cansaría y desaparecería de nuevo.

Y, cuando lo hiciera, para ella sería un alivio.

Al día siguiente, a la una de la tarde, Cali acababa de dar de comer a Leo cuando sonó el timbre. Se puso de pie de un salto con el corazón acelerado.

Era Maksim, que llegaba puntual a la hora que ella le había indicado.

Cali tomó en brazos al pequeño, le sonrió y se dirigió con él a la entrada, muy despacio. Tras respirar hondo, volvió a sonreír a su hijo y lo abrazó con más fuerza, como si quisiera prepararlo para ese encuentro que temía cambiaría su vida para siempre.

Entonces, abrió la puerta.

Maksim tenía aspecto ojeroso, como si no hubiera dormido en toda la noche.

A pesar de que hacía todo lo posible para ocultarlo, Cali adivinó que estaba nervioso. La miró a los ojos un segundo y, luego, los posó en Leo.

Si a Cali le había parecido conmovido cuando había visto a Leo dormido, en ese momento, al cruzar su mirada con su hijo por primera vez, Maksim esbozó una expresión… indescriptible. Era como si todo su ser estuviera concentrado en Leo.

Y Leo lo miraba igual de embelesado. El niño no estaba acostumbrado a los extraños. Por lo general, solía esconderse entre los brazos de su madre cuando había alguien a quien no conocía. Sin embargo, con Maksim, no actuó así. Lo admiraba con fascinación, como si no hubiera nadie más en el mundo. Cali casi podía percibir el vínculo instantáneo que surgió entre ambos.

De pronto, Maksim se acercó y, sin dejar de mirar a su padre, el pequeño emitió un pequeño sonido de alegría y sonrió.

Pero lo que más impactó a Cali fue el efecto que esa pequeña sonrisa tuvo en Maksim. Se quedó embobado, como si un soplo de aire bastara para levantarlo del suelo.

Entonces, como si fuera a tocar un precioso tesoro, extendió la mano y acarició con suavidad la mejilla de Leo. El niño aceptó su contacto, mientras su madre era testigo de cómo un intenso e inesperado vínculo se forjaba ante sus ojos.

—*Bozhe moy*, Caliope, ¿cómo no me había dado cuenta antes de lo increíbles que son los niños? ¿O es que me parece un milagro porque es nuestro hijo?

Sin palabras para responder, a ella se le encogió el corazón al percibir su veneración, la reverencia con la que pronunciaba la palabra hijo.

—¿Puedo tenerlo en brazos?

Con lágrimas en los ojos, Cali percibió la pregunta como la súplica desesperada de alguien que no creyera merecer tal honor.

—No depende de mí. Si él quiere, sí puedes.

Maksim asintió y posó los ojos de nuevo en su hijo, pidiéndole el privilegio de su confianza.

—¿Quieres venir conmigo, *bozhe moy Leonid*?

Lo había llamado «mi pequeño Leonid» con el tono de voz más tierno que ella había escuchado nunca.

Maksim y Cali contuvieron el aliento y, en menos de un segundo, Leo alargó los brazos, abriendo y cerrando las manos, como pidiéndole a su padre que se diera prisa.

Maksim se miró las manos, sin saber si iba a ser capaz, tragó saliva y alargó los brazos hacia el pequeño. Se estremeció al sujetar su cuerpecito.

Cali observó atónita cómo Leo se dejaba sostener sin titubear, sin ni siquiera mirar a su madre. El niño había reconocido a su padre. Era la única explicación.

Lo que vio a continuación fue la gota que colmó el vaso de sus lágrimas. Los ojos de Maksim se humedecieron, acompañados por una sonrisa temblorosa, tierna y embelesada.

Apoyándose en la pared para no tambalearse, llorando también, Cali siguió contemplando aquella reunión entre las dos personas más importantes de su vida. Padre e hijo eran tan parecidos, y ambos estaban tan absortos el uno en el otro…

Maksim sujetaba a Leo con un brazo, mientras lo acariciaba maravillado con el otro. El niño se lo permitía, ocupado en explorar a su padre con sumo interés, agarrándole la nariz y los labios, examinando su pelo y sus ropas. Mientras, Maksim parecía más conmovido con cada contacto.

En el pasado, Cali nunca había creído que aquella reunión pudiera tener nunca lugar, por eso, nunca había llegado a visualizarla. Incluso cuando había aceptado la noche anterior que Maksim viera a Leo, no se había atrevido a anticipar su reacción, ni mucho menos la del niño. Pero aquello sobrepasaba cualquier cosa que pudiera haber imaginado. Y, sin duda, no iba a terminar allí, en su puerta.

—Entra, Maksim —invitó ella en un susurro.

Caliope le había dado a Rosa, la niñera de Leo, el día libre. No había esperado que Maksim se quedara más de una hora o dos, sin embargo, él había roto sus expectativas una vez más.

En dos horas, Maksim había perdido sus inhibiciones con Leo, había actuado como si hubiera estado en su salsa y se había adaptado a las rutinas del niño. El resto del día había fluido con naturalidad y extrema facilidad.

Aunque también hubo un momento de tensión, de atracción sexual entre Cali y Maksim. Sin embargo, la presencia de Leo y su avidez por disfrutar de su padre habían concentrado la atención de ambos en el niño.

A cada rato, Cali se sorprendía conteniendo el aliento, temiendo que algo saliera mal y la armonía reinante se rompiera. Pero no sucedió nada.

Al principio, Maksim no estaba muy seguro de qué hacer, a excepción de dejar que Leo hiciera lo que quisiera con él. Ella le advirtió que debía ponerle límites cuando fuera necesario.

Maksim no se lo discutió e hizo todo lo posible para observar su directiva.

Mientras jugaba con su hijo, Cali lo observó en varias ocasiones, preguntándose cómo había podido dudar de sí mismo. Era un hombre estable, indulgente, paciente. Alguien capaz de tratar a un niño con la ternura con que lo hacía él era incapaz de ser un maltratador.

Leo, por otra parte, parecía un espejo de su padre. Sus gestos, sus sonrisas, sus miradas… eran una copia de las de Maksim.

Siguiendo en todo momento las instrucciones de Cali, Maksim no se separó de su hijo, incluso cuando llegó la hora de cambiarle el pañal.

Él insistió en acompañarla y se quedó a su lado contemplándola sin perder detalle. Pocas horas después, cuando hubo de repetirse aquella tarea, se ofreció a hacerlo él. Perpleja, contempló cómo aquel hombre corpulento e imponente cambiaba el pañal sin hacer una mueca de asco y con la meticulosidad y cuidado con el que cerraría un trato de millones de dólares.

Y, entre tanto, Leo no dejaba de pedirle a su padre que fuera él quien le hiciera las cosas que necesitaba, rutinas que solía hacer su madre. Y Maksim lo complacía encantado. En más de una ocasión, Cali estuvo a punto de aconsejarle a Maksim que moderara su entusiasmo, pues podía terminar cansado. Sin embargo, se dijo que no podía hacerle daño dedicarse a su hijo, pues al fin y al cabo no sería por mucho tiempo.

Después de darle a Leo la cena que él mismo había preparado siguiendo las indicaciones de Caliope, se sentó en el suelo con el pequeño y dejó que trepara encima de él, igual que un león con su cachorro.

Al poco tiempo, Leo fue perdiendo energía, hasta que se quedó dormido sobre el pecho de su padre.

Maksim se quedó allí, inmóvil, sin querer siquiera girar la cabeza hacia Cali.

–Puedes moverte –indicó ella–. Una vez que está dormido, no se despertará –añadió y, al ver que Maksim no decía palabra, insistió–. Puedes hablar también.

–¿Estás segura? –preguntó él en un susurro.

–Segura. Puedes levantarlo sin que se despierte.

Aun así, Maksim tardó un rato en moverse y, cuando lo hizo, fue con el mismo cuidado que si portara una bomba. Fue tan gracioso que Cali no pudo evitar romper en carcajadas.

Al fin, cuando él se levantó, caminó lo más lento posible hasta la cuna de Leo, mientras ella lo seguía entre risitas.

Pero, cuando cerró la puerta del dormitorio del niño, Cali volvió de pronto a la cruda realidad. El padre de su hijo estaba allí de forma solo temporal, y ella se había negado a tener una relación con él. A pesar de que lo deseaba con pasión... y era obvio que él sentía lo mismo. Podía sentir sus ojos incendiados sobre ella, sin la distracción de Leo para extinguir su deseo.

Maksim la siguió en silencio hasta la puerta y ni siquiera le dio las buenas noches al irse.

Temblando de alivio y, al mismo tiempo, decepción, iba a cerrar la puerta cuando él se dio la vuelta, mirándola con intensidad.

–¿Puedo venir otro día, Caliope?

Lo más aconsejable hubiera sido decir que no, pensó ella.

Otro día más juntos acabaría por romperle las defensas.

Pero ese hombre, que imploraba otro día con su hijo, ya había perdido demasiado en la vida. Aunque ella se había negado a tener ninguna relación con él y le resultaría más fácil mantener su decisión si no lo veía, no podía impedirle que estuviera con Leo.

De todas maneras, además, Cali seguía pensando que Maksim se cansaría. Leo era un manojo de nervios y, pronto, su padre desearía volver a su antigua vida, sin él. Por suerte, entonces, Leo sería demasiado joven para recordar lo que había pasado, caviló.

Apretándose las manos para contener el deseo de lanzarse a sus brazos, Cali asintió.

Pero Maksim siguió esperando, como si necesitara su consentimiento verbal.

–Sí –susurró ella, sabiendo que se arrepentiría.

Cali le había dado a Maksim un día más. Pero había surgido un problema. Él había pedido otro.

Ella había aceptado también, prometiéndose a sí misma que sería el último. Pero, al final de ese día, había vuelto a permitirle quedar con ellos.

Habían pasado diez semanas de esa manera. Y Maksim se había convertido en una constante en la vida de Leo.

Y, con cada minuto, Cali había sabido que aquello les causaría un daño irreparable. Sin embargo, no había sido capaz de ponerle freno.

Por otra parte, al tener a Maksim a su lado a diario, compartiendo los cuidados de Leo, Cali se dio cuenta de todo lo que se había estado perdiendo. Y temió que él se hubiera convertido ya en una pieza indispensable en sus vidas.

Ella sabía que podía continuar criando a su hijo sola si era necesario. Pero ya no quería estar sola, no podía soportar recordar los momentos de soledad de los primeros meses, ni imaginarse cómo continuar sin Maksim.

Tenía que admitirlo. Dejar que él invadiera su vida de nuevo había sido una locura. Encima, Leo se levantaba todos los días deseando ver a su padre e irse a dormir por la noche en sus brazos. Ella se consolaba pensando que el niño era demasiado pequeño para que, si Maksim desaparecía de su vida, aquello lo afectara de forma permanente.

Sin embargo, para ella era ya demasiado tarde. Incluso si Maksim se marchara al día siguiente, las diez semanas que había pasado con ellos dejarían a Cali una herida indeleble.

Por otra parte, ella no podía controlar su deseo, sentía una atracción innegable hacia él. Al mismo tiempo, había empezado a apreciar en él nuevas cualidades. Cada vez lo admiraba y respetaba más por ser quien era. Y Maksim le había dicho que él también estaba descubriendo cosas nuevas de sí mismo al estar con ellos.

Tampoco él había creído posible compartir tanto tiempo con ella sin tocarla y encontrar satisfacción solo en hablar, en llegar a acuerdos en todas las cosas importantes. Incluso si discutían, era estimulante y refrescante, y él nunca intentaba imponer sus puntos de vista ni menospreciar las opiniones de ella. La escuchaba siempre con atención y tenía muy en cuenta sus decisiones.

Aunque a Cali le hubiera gustado que fuera de otra manera, deseaba que él la exasperara o que no fuera posible el entendimiento. ¿Cómo iba a separarse de él cuando se comportaba como un hombre maravilloso? Hubiera sido preferible que le hubiera llevado la contraria todo el tiempo o que le hubiera dado alguna razón para temer su proximidad.

Peor aún, no solo Leo y ella habían quedado rendidos a su carisma. Su familia y amigos también lo habían conocido.

Sí, Cali se lo había contado. No había tenido razón para seguir ocultando su existencia. Cuando le habían pedido más detalles, ella solo les había explicado que habían tenido una aventura y que Maksim había sufrido un accidente grave que le había impedido ver a Leo hasta ese momento.

Las reacciones que la llegada del padre de Leo había despertado en su entorno habían sido diferentes y variadas: las mujeres estaban impresionadas, maravilladas, quizá un poco envidiosas, y confusas. Consideraban a Maksim el partido del siglo y no podían comprender cómo ella no lo cazaba, cuando él se lo estaba poniendo tan fácil. Los hombres pensaban que estaba loca del todo por no haberse convertido todavía en la señora de Volkov o, al menos, por no ponerle a Leo el apellido paterno. Selene, que también se había casado con un buen partido y había tenido una historia similar, pensaba que solo era cuestión de tiempo el que la relación entre Maksim y Cali llegara a un final feliz. Kassandra, sin embargo, estaba convencida de que había mucho más de lo que su amiga quería compartir.

En el otro extremo, Aristides había interrogado a Cali y había averiguado que Maksim se había ido sabiendo que ella estaba embarazada. Después de eso, su opinión de él no había podido ser más negativa. Su hermana había tenido que salir adelante durante todo un año sola y eso era imperdonable. Para conseguir que Aristides le prometiera no intervenir, Cali había tenido que amenazarle con no volverle a hablar.

–¿Te ha contado Maksim que vino a verme ayer?

Cali se sobresaltó al escuchar la voz de Aristides. No lo había oído entrar en el salón de casa de su hermano y su cuñada, donde ella se había retirado a responder una llamada.

Con un nudo en la garganta, Cali meneó la cabeza.

–Quería que habláramos antes de encontrarnos en la primera reunión familiar.

Aristides y Selene solían celebrar cenas familiares a menudo y Selene había insistido en invitar a Maksim. Cali, al principio, se había negado, pero su cuñada había insistido tanto que había acabado accediendo, a regañadientes.

–¿No quieres saber qué me dijo? –preguntó su hermano, tomando asiento.

–Estoy segura de que vas a darme todos los detalles, quiera o no quiera –repuso ella–. Si no, no estarías aquí sentado a mi lado.

–Cada día me confirmas más la opinión que tengo de ti –señaló Aristides. Sus ojos brillaban con emociones contradictorias. Había en ellos rabia contra el hombre del que hablaban, instinto protector hacia su hermana y la determinación a conocer la verdad que ella ocultaba–. Cuando quieres esconder algo, no hay manera de adivinarlo. Yo sabía que guardabas un secreto desde hacía dos años, hasta te hice investigar, pero nunca conseguí desvelarlo. Nunca podré entender cómo me pudiste ocultar algo como lo de Maksim.

–¿Me hiciste investigar? –preguntó ella con incredulidad.

Aristides asintió sin titubear.

–¿Crees que iba a dejar a mi hermana pequeña guardarme un secreto así como así?

–¿Quieres decir sin dejar que te entrometas? –le reprendió ella–. ¿Qué teorías tenías? ¿Pensabas que estaba implicada en alguna actividad ilegal o que tenía alguna adicción?

–No me habría equivocado tanto. ¿Acaso no estabas saliendo con un peligroso tipo poco digno de ti y, por tu comportamiento, no eras adicta a él?

Aristides era dolorosamente astuto y directo.

–Maksim no es un tipo peligroso –se defendió ella–. Y, respecto a mi comportamiento, creo que fue el de cualquier mujer en mi situación.

–Por muy irresistible que te pareciera, Maksim Volkov no es tu tipo. No es de los que se casan.

–Yo, tampoco –aseguró ella, dando un respingo.

–Aun así, te quedaste embarazada.

–No fue algo planeado y nunca lo consideré un pretexto para casarnos.

Su hermano arqueó una ceja.

–¿Y cómo definirías la situación ahora mismo? ¿Adónde crees que va esto?

–¿Tiene que ir a algún sitio? Esperaba que tú fueras lo bastante abierto como para ver más allá de los estereotipos sociales. La gente puede tener hijos sin pasar por el altar.

–Pero ahora resulta que Maksim no está de acuerdo con eso. Ni es lo que quiere.

Cielos, ¿qué le había contado Maksim?, se preguntó ella.

De pronto, Cali comprendió que lo que quería Aristides era que ella le preguntara qué le había contado Maksim y se contuvo.

Aristides le devolvió la mirada, como si le hubiera leído el pensamiento, y sonrió.

–No me contó nada –reconoció Aristides al fin–. Lo has aleccionado bien.

Cali se relajó al instante, aunque no del todo. Igual su hermano solo le estaba tendiendo una trampa para obtener información. Estaba segura de que no descansaría hasta que llegara al fondo de su relación con Maksim.

–Me ofreció su propia versión de lo que nos contaste tú –añadió Aristides–. Nada más. Me dijo que se sometería a cualquier revancha que quisiera tomarme con él –señaló con una sonrisa sardónica–. Luego, me detalló que quería a Leo y que, si

70

se lo permitías, quería darle su apellido. También, me aseguró que, aunque no consintieras darle su apellido, estaba dispuesto a daros acceso a todos sus bienes, en su vida y después de su muerte.

A ella se le encogió el corazón.

—Eso es mucho más de lo que yo te conté.

Aristides se encogió de hombros con gesto decepcionado.

—No quiso darme ni un detalle de lo que pasó entre vosotros en el pasado, ni me contó de qué va lo vuestro en el presente, ni qué proyectos de futuro tenéis.

—¿Tanto te cuesta entenderlo? —protestó ella—. Tuvimos un aventura que terminó ya y, por el camino, me quedé embarazada. Ahora, ha vuelto porque quiere asumir sus responsabilidades respecto al niño y quiere llevarse bien con la madre de su hijo.

—Quiere llevarse más que bien con la madre de su hijo —observó Aristides con mirada socarrona—. Y no te molestes en negarlo. Sé los síntomas de querer estar con una mujer con toda el alma. Me recuerda a mí —añadió—. Pero no consigo adivinar qué es lo que sientes tú. Aunque sí noto que te atrae. Entonces, ¿cuál es el problema? ¿Es porque no crees en el matrimonio?

—Sí —se apresuró a responder ella.

—Mentirosa.

—Puedes pensar lo que quieras. Soy adulta, aunque tú no lo creas, y la relación entre Maksim y yo es como yo quiero que sea. Cuando se acabe…

–¿Es por eso por lo que te niegas a dejarle acercarse? –le interrumpió él–. ¿Crees que volverá a abandonarte? ¿Como nuestro padre? Si lo hace, te prometo que lo despellejaré vivo.

–Vaya, gracias. Pero no. Si se va, no pasa nada. Esos fueron los términos de nuestra relación desde el principio. Y, si decide que es mejor para él no estar cerca de nosotros, así será. Dale un respiro, ¿de acuerdo? Y deja que yo viva mi vida como quiera, por favor. No hagas que me arrepienta por haberlo invitado aquí ni por haberte contado que es el padre de Leo.

–No me lo contaste. Me bastó veros a los tres. Leo es su viva imagen. Habría tenido que ser imbécil para no sumar dos y dos.

–Serás un imbécil si te entrometes.

–¿Qué ha hecho ahora mi marido? –preguntó Selene, entrando en la habitación con una sonrisa.

–Lo mismo que tú. Los dos queréis vernos a Maksim y a mí juntos, a juzgar por cómo intentáis convencerme. Y más vale que paréis, o me llevaré a Leo y os dejaré a solas con Maksim para que lo interroguéis todo lo que queráis. Y no volveré hasta que prometáis comportaros.

Selene le dio la mano con suavidad.

–Eh, relájate. No vamos a interferir –aseguró la otra mujer, y miró a su marido buscando su corroboración.

En ese momento, Maksim entró en la habitación, haciendo que el corazón se le acelerara al instante. Estaba charlando y riéndose con algunas personas y sostenía a Leo en sus brazos, como si padre e hijo estuvieran fusionados en un solo cuerpo.

Verlos juntos era para ella la más exquisita tortura.

Detrás de Maksim entró su defensora número uno, la niñera de Leo. En las últimas diez semanas, Rosa había empezado a creer que era el hombre más impresionante y poderoso del mundo.

Cali observó cómo Maksim le murmuraba algo a Leo, como si estuvieran llegando a un acuerdo confidencial. Ella sabía que estaba convenciendo a su hijo para que se fuera con Rosa, diciéndole que tenía que hacer algo y que volvería con él después.

No estaba claro quién era más reticente a separarse, si Leo o si su padre. Al fin, Rosa se llevó al pequeño en brazos al cuarto de los niños, mientras los adultos se reunían en el comedor.

Maksim se acercó a Cali, sonriendo y rebosante de vitalidad y virilidad. Le tendió la mano para ayudarla a levantarse y acompañarla a la mesa. Ella le dio la suya, poniéndose en pie con piernas temblorosas, rendida ante su sonrisa.

En las últimas diez semanas, Maksim había ido mejorando de aspecto día a día, como si estar con Leo lo hubiera llenado de vida, energía y alegría. En ese tiempo, había recuperado su belleza y vigor con creces.

En cuanto los comensales estuvieron acomodados, Selene ordenó que sirvieran los platos. Todo el mundo se quedó en silencio al principio, observando a Cali y a Maksim. Él aceptaba ser el centro de las miradas con toda serenidad, mientras ella fingía estar ocupada removiendo la sopa de marisco, rezando porque alguien sacara algún tema de conversación.

–Bueno, Maksim… –comenzó a decir Melina, la hermana mayor de Cali, rompiendo el silencio mientras contemplaba al hombre en cuestión con innegable admiración–. Creo que eres un magnate de la industria metalúrgica.

–Sí, me dedico al acero –respondió él, inclinando la cabeza hacia su interlocutora.

–Vaya, qué humilde –comentó el marido de Melina, Christos–. Aceros Volkov es una de las cinco mayores productoras metalúrgicas del mundo y la primera de Rusia.

–Estás bien informado –repuso Maksim con serenidad.

–Sí, he leído sobre ti –afirmó Christos–. Me parece impresionante el crecimiento exponencial que has logrado en la última década, así como la modernización constante de la tecnología, por no mencionar tu integración en la economía global. Además, teniendo en cuenta las dificultades económicas por las que pasa Rusia, es todavía más impresionante.

–Eso quiere decir que eres millonario, ¿verdad? –observó Phaidra, la segunda hermana de Cali.

–Multimillonario –le corrigió Christos–. Igual que nuestro Aristides o incluso más.

–¿Es que no te has puesto al corriente de nuestros beneficios netos para saber quién tiene más? –le preguntó Aristides con tono burlón.

Christos sonrió.

–Es difícil, pues los gigantes como vosotros estáis todo el tiempo intercambiando puestos en la lista de los más ricos.

–En cualquiera de los dos casos, estamos hablando de una cantidad desmesurada –señaló Thea, la más joven de las tres hermanas de Cali–. Bueno, y aparte de tener tanto dinero, ¿vas a darle tu apellido a nuestro Leo?

–Callaos todos –ordenó Cali al fin–. Controlad vuestro instinto metomentodo griego o, al menos, no habléis así cuando estamos delante.

–¿Quieres decir que está bien que hablemos de vosotros a vuestras espaldas? –preguntó Thea sonriendo.

–Siempre que yo no me entere, haced lo que queráis –contestó Cali.

–Si nos dieras respuestas claras, no tendríamos que recurrir a todo esto –se quejó Phaidra.

–Sí, danos la información que queremos y os dejaremos en paz –añadió Melina.

–De acuerdo, basta –insistió Cali, dejando la cuchara sobre la mesa–. No he invitado a Maksim para que lo interroguéis y…

–A mí no me importa.

Cali se giró hacia él con la boca abierta.

–¿Qué pretendes? –le susurró ella–. No les des pie o te amargarán la cena.

–No pasa nada, Cali. Deja que satisfagan su curiosidad. Estoy acostumbrado. Las familias rusas también son así, lo quieren saber todo de las personas de su entorno.

–¿Quieres decir que también son unos metomentodos? Oh, cielos, qué genes le hemos pasado a Leo.

–Estamos oyéndolo todo –informó Aristides tras aclararse la garganta–. Y la sopa se está enfriando.

–Cállate, Aristides –le advirtió Cali–. Y todos vosotros. Comed sin más u os juro que…

–¿O qué, Cali? ¿Vas a tener una de tus rabietas? –le retó Thea.

–¿Te ha contado lo que solía hacer cuando era pequeña y no cedíamos a sus demandas de niña mimada? –le preguntó Phaidra a Maksim.

–No. Cuéntame –pidió él con atención.

A partir de ese momento, los hermanos de Cali se turnaron para contar las anécdotas más divertidas y vergonzosas de su infancia, y la conversación fue animándose poco a poco. Pronto, Maksim comenzó a contar sus propias anécdotas con su peculiar sentido del humor, haciendo reír a la audiencia y, enseguida, todos hablaban y reían entre sí con soltura.

Comenzaron a levantarse para irse. Maksim se fue a buscar a Rosa y a Leo y bajó con el pequeño dormido acurrucado en sus brazos.

Después de intercambiar gracias y despedidas, Aristides y Maksim se estrecharon las manos, diciéndoselo todo con la mirada.

Aristides parecía prometerle arrancarle la piel a tiras si no hacía lo correcto con su hermana. Mientras, Maksim asentía como si quisiera decirle que se sometería a su petición y al castigo que quisiera infligirle si lo creía necesario.

Acto seguido, se fueron y, después de dejar a Rosa en su casa, Maksim condujo al piso de Cali. Al llegar, subió al niño a su cuarto, lo acostó y se dirigió a la puerta, sin pretender prologar su estancia.

–Gracias por esta noche con tu familia, me lo he pasado muy bien –dijo él antes de salir.

Cali asintió. Lo cierto era que, contra todas sus expectativas, ella también había disfrutado. Y eso hacía su situación todavía más difícil de sobrellevar.

–Todos te quieren mucho –comentó él.

Cali también los quería. No podía imaginarse la vida sin ellos.

–Meten demasiado las narices donde no les importa –indicó ella con un suspiro.

–Es una bendición tener hermanos que quieren lo mejor para ti, aunque tengas que soportar su insistencia –opinó él–. Yo siempre quise tener hermanos.

A ella se le contrajo el corazón.

Entonces, Maksim le apartó un mechón de pelo de la cara, sin dejar de mirarla.

Cali creyó que iba a tomarla entre sus brazos y poner fin al tormento de su deseo, pero no fue así.

–¿Quieres venir a Rusia conmigo?

Capítulo Cuatro

Cali lo miró sorprendida. No se había esperado la invitación.

–Mi madre sigue viviendo allí, y le encantaría ver a su nieto –se apresuró a añadir él.

Al oírle mencionar a su madre, Cali contuvo la negativa que había tenido en la punta de la lengua y tragó saliva.

–Pero… Rusia está muy lejos… –balbució ella y, tras unos momentos, añadió–: ¿Y quieres… ir enseguida?

–Sería genial si pudiera asistir al primer cumpleaños de su nieto –comentó él.

Cali necesitó unos segundos para asimilar el significado de aquella fecha tan importante y todas sus implicaciones.

–¡Pero solo faltan dos semanas para eso!

–Un viaje a Rusia necesita, al menos, de quince días.

–Si es por el cumpleaños de Leo, podemos irnos uno o dos días antes.

Maksim tuvo que hacer un esfuerzo para no apretarla contra su pecho y besarla con pasión hasta conseguir que ella aceptara todo lo que le propusiera.

–Sé que mi madre estará deseando pasar todo el tiempo que pueda con Leo –se limitó a decir él–. Y estoy seguro de que le encantará prepararle una fiesta en su casa.

–¿En su casa? ¿No es tuya también?

–Yo no vivo con ella, no.

Eso pareció despertarle la curiosidad a Cali.

–¿Y dónde vives tú cuando no estás de viaje de negocios o cuando no te quedas en un hotel?

–Si me estás preguntando si tengo un hogar, la respuesta es no.

Maksim estuvo a punto de añadir que le gustaría que su hogar fuera con ella y con Leo, pero no dijo nada. Cali ya se había negado a ser su pareja y tenía todo el derecho a hacerlo. Ella tenía que protegerse a sí misma y a su hijo de la inestabilidad de su estado de salud. Sin embargo, ansiaba poder tener más de ellos.

–Esto es… muy repentino –comentó ella, volviendo al tema inicial–. Y no estoy preparada. Tengo trabajo.

–La mayor parte de tu trabajo lo haces en el ordenador. Me aseguraré de que tengas un lugar tranquilo donde concentrarte.

–Pero Leo…

–Estará conmigo mientras tú trabajas, y con mi madre. También nos llevaremos a Rosa.

–Parece que lo tienes todo bien planeado.

Sin embargo, él estaba organizándolo todo en el momento. De pronto, había sentido la urgente necesidad de llevarlos a su lugar natal, de poner a

Leo y a Cali en contacto con su madre antes de que él...

Maksim se encogió de hombros, tratando de sacarse de la cabeza aquel mórbido pensamiento. Tenía que mostrarse flexible y calmado para no asustarla.

–En realidad, no. Se me acaba de ocurrir.

–¿Quieres decir que no habías pensado en llevar a Leo a conocer a su abuela? –preguntó ella con escepticismo.

Era extraño, pero era la verdad.

–No. Ya no planeo cosas de antemano.

A Cali se le agrandaron las pupilas, oscureciendo sus ojos azul cielo. Sin duda, estaba recordando la razón por la que él había dejado de pensar en su futuro.

Maksim no había vuelto a hablar de su salud desde que le había confiado a Cali su secreto. Lo cierto era que casi se había olvidado de ello, pues estar cerca de Leonid y Caliope lo llenaba de fuerza y energía. Se sentía tan invencible que, a veces, no podía creer que su vida corriera peligro.

En ese momento, al percibir que ella estaba dándole vueltas al mismo oscuro tema, Maksim se dijo que debía distraerla cuanto antes.

–Bueno, sigo haciendo planes en el trabajo, me refiero a que no puedo planear nada contigo y con Leo, ya que no depende de mí.

Como él había esperado, el negro nubarrón que había oscurecido la mirada de Cali se disipó.

Ella bajó la vista, considerando su veredicto.

Mientras, él contempló su hermoso rostro y sus labios jugosos y suaves como pétalos de rosa. Solo de mirar su boca, ardía en deseos de besarla, entrelazar sus lenguas, saborearla hasta dejarla sin aliento, saciar su ardiente deseo. Además, por lo que podía adivinar, ella sentía la misma atracción. Pero sabía que no sucumbiría a sus instintos primarios. El precio era demasiado alto para ella, pues tenía que pensar en Leo.

Maksim lo comprendía y lo aceptaba y sabía que si la presionaba o intentaba traspasar los límites, ella le daría con la puerta en las narices. Por eso, estaba dispuesto a soportarlo todo con tal de poder estar cerca de ella y de Leonid.

—Antes, no me creí con derecho a pedirte esto, ya que no sabía cuánto tiempo iba a estar en vuestras vidas. No podía arriesgarme a que mi madre supiera de la existencia de Leonid y, luego, lo perdiera si me negabas el derecho a verlo. Si vas a seguir permitiéndome ver a mi hijo o, si aunque me lo niegues a mí, estás dispuesta a dejar que mi madre tenga relación con él, déjame llevaros a conocerla.

—Maksim… no…

Ante su balbuciente objeción, él presionó un poco más, echando mano de su mejor argumento.

—Siempre creí que nada podría resarcirla de su pérdida del pasado. Pero, si hay algo que puede ayudarla a curar la herida, es Leonid.

***

Cali no había podido decirle que no.

De hecho, se sentía un poco avergonzada por no haber pensado antes en que la madre de Maksim tenía derecho a conocer a Leo.

Era el único nieto de Tatiana y Tatiana era la única abuela que le quedaba al niño. El pequeño también tenía derecho a conocerla.

Por eso, no había sido capaz de negarse, ni siquiera le había pedido más tiempo. El primer cumpleaños era una fecha muy significativa, y no podía dejar que la abuela de Leo se lo perdiera. También había aceptado la propuesta de ir con unos cuantos días de antelación, para que Tatiana tuviera tiempo de prepararle una fiesta a su nieto.

Por eso, Cali apenas tuvo tiempo de respirar mientras preparaba un par de maletas para las dos semanas que se quedarían en Rusia. A la mañana siguiente, Rosa, Leo y ella se encontraban en un avión rumbo a la otra punta del mundo, a un lugar donde nunca había soñado con ir.

El vuelo en el jet privado de Maksim fue toda una experiencia, más allá de lo que ella podía haber imaginado. Él se desvivió para mimarlos y asegurarse de que estuvieran cómodos. Al mismo tiempo, seguía mostrándose firme con Leo cuando era necesario, manteniendo los límites con la combinación perfecta de amor, indulgencia y disciplina.

En menos de lo que ella había esperado, llegaron a Rusia.

Aterrizaron en un aeropuerto privado, donde

los recogió una limusina al pie del avión y, enseguida, se encaminaron hacia la casa de la madre de Maksim. Rosa y Leo se sentaron en la segunda fila de asientos y Cali y Maksim, en la parte trasera.

Para terminar de coronar el sueño, la ciudad del norte de Rusia adonde se dirigían se llamaba Arkhangel´sk. Arcángel.

Un nombre muy apropiado para el hogar del hombre que estaba a su lado, comportándose como su ángel de la guarda y un perfecto guía.

–La ciudad está a orillas del río Dvina, cerca de su desembocadura en el mar Negro –señaló él, mientras pasaban junto al río–. Y se extiende a lo largo de cuarenta kilómetros, bordeando sus aguas. Cuando Pedro el Grande ordenó la creación de un embarcadero real aquí, se convirtió en el principal puerto de mar de la Rusia medieval. Pero, a principios del siglo XVIII, el zar decretó que todos los transportes internacionales se trasladaran a San Petersburgo, lo que produjo la decadencia de Arkhangel´sk. El decreto se canceló cuarenta años después, aunque el daño ya estaba hecho y el tráfico marino ya se había hecho fuerte en el Báltico.

Cali posó los ojos en la calzada de piedra que bordeaba el río, intentando imaginarse qué aspecto habría tenido la ciudad en los tiempos en que Rusia había sido un imperio. Tuvo la sensación de que no había cambiado mucho. Tenía el encanto de su larga historia, que podía adivinarse en cada árbol y cada piedra.

–¿Y ha revivido la situación económica de Arkhangel´sk después de que tú volvieras a ponerlo en el mapa?

Agradecido por su interés en el tema, Maksim asintió.

–Revivió un poco cuando, al final del siglo XIX se completó la vía de tren hasta Moscú y se convirtió en ciudad exportadora de madera. Hasta hace quince años, era un centro industrial maderero y de pescadores.

Cali se derritió contemplando su atractivo rostro, dotado de una nobleza fuera de lo común.

–Hasta que tú llegaste y lo convertiste en el epicentro de la metalurgia rusa.

–Bueno, solo añadí el acero a las industrias ya existentes de madera y pesca –señaló él con humildad.

–Y les diste un impulso sin precedentes –apostilló ella–. He leído sobre tu contribución a la ciudad. Sus gentes te han puesto el sobrenombre de Arcángel, ya que todos te consideran su benefactor y su protector.

A Maksim le brillaron los ojos con orgullo, no por sus logros, que parecía considerar mundanos y sin importancia, sino por el hecho de que ella se hubiera molestado en investigarlos y porque lo encontrara digno de admiración. La opinión de Cali contaba mucho más para él que cualquier otra cosa.

Al darse cuenta del efecto que sus cumplidos causaban en él, Cali se sentía encantada y, al mismo tiempo, acongojada. Ella había perdido muchas oportunidades de demostrarle su admiración durante el año que habían pasado juntos. Lo cierto era que había estado demasiado ocupada tratando de ocultar sus sentimientos por él, temiendo que si los descubría, Maksim perdería el interés. Al fin, había dejado de fingir y podía alabar sus méritos con libertad… aunque su situación era tan extraña…

Cali volvió los ojos al paisaje que tenían delante. Una resplandeciente ciudad subártica, cubierta por una fina capa de nieve otoñal.

Tras un momento de silencio, Maksim continuó con sus explicaciones sobre el lugar, cautivándola con anécdotas de su región.

—Ya hemos llegado —indicó él cuando entraron en una calle flanqueada por altos árboles.

A ella se le aceleró el corazón un poco más.

Iba a conocer a su madre. Tragando saliva, incapaz de calmar su agitación, ella miró por la ventana mientras traspasaban unas enormes puertas de hierro forjado hacia un exuberante jardín. Nunca había visto un parque tan grande y tan precioso.

Senderos de adoquines cruzaban junto a parterres de flores y cuidados arbustos, con estatuas de mármol en las intersecciones, arizónicas formando esferas o conos y grandes mosaicos en el suelo. Todos los caminos parecían conducir a un gran pabellón circular.

—Esta es la parte francesa del parque —explicó

él–. Luego, en el siglo XVIII, el gusto de la nobleza rusa cambió, como verás en la siguiente zona que vamos a atravesar.

En cuanto la limusina siguió adelante, Cali comprendió a qué se refería. Hubo un cambio brusco en el estilo del jardín que, de pronto, tenía el aspecto de un paisaje inglés, una idealizada versión de la naturaleza, con ondulantes caminos, túneles de hiedra y pintorescos grupos de árboles. Al mismo tiempo, la capa de nieve le daba el aspecto de un cuento encantado.

–Este sitio es… increíble –dijo ella con admiración–. ¿Se lo compraste a tu madre cuando empezaste a hacer negocios aquí?

–No, aquí es donde crecí.

–¿Es tu casa familiar?

Él se encogió de hombros con gesto de desagrado, como si fuera un tema del que no quisiera hablar.

–Es una larga historia –indicó Maksim y, de pronto, su tono de voz se suavizó–. Por cierto, esta finca se llama Skaska.

Ella repitió la palabra despacio.

–Skaska. «Finca de las hadas». Muy apropiado. De veras parece un escenario de fantasía.

–Podría ser el de un cuento de terror. Al menos, en el pasado –comentó él mientras una sombra le oscurecía el rostro–. Ahora solo es el hogar de mi madre –añadió con una mirada más alegre–. No tenía ni idea de que supieras ruso. Skaska no es una palabra común.

Cali nunca le había confesado que había estado estudiando su idioma, pues se había limitado a saborear descifrando sus exclamaciones espontáneas en su lengua materna.

–Empecé a estudiar cuando… –comenzó a decir ella, y se aclaró la garganta con una sonrisa– empezamos a vernos.

A Maksim se le incendió la mirada como si, al conocer una nueva faceta de ella, su apetito no hiciera más que crecer. Sin dejar de mirarla a los ojos, le acarició la mejilla con un dedo.

–Así que entendías todo lo que te decía.

Ella asintió, mientras él la contemplaba con gesto enigmático.

–Aquí está la mansión –señaló Maksim, rompiendo el contacto visual.

Cali se volvió hacia un majestuoso edificio de estilo neoclásico. Era tan grande que debía de albergar una docena de habitaciones. Un pórtico de columnas con una ancha rampa conducía a la puerta principal. En la actualidad, servía para los coches, pero debía de haber sido utilizado por carruajes en el pasado. Ella casi podía visualizar la escena con un coche de caballos llegando a la entrada, mientras los criados se apresuraban a sujetar a los animales para que bajaran los invitados.

En pocos minutos, entraron en la mansión, que los recibió con una cálida temperatura. Cali miró a su alrededor maravillada. El vestíbulo tenía altísimos techos y columnas como las del pórtico.

Sin detenerse, Maksim los condujo a una sala

con una chimenea encendida, decorada al estilo tradicional ruso. Las paredes exhibían tapices con escenas campestres, salteadas con grandes ventanales que daban al lago y los jardines. En una de esas ventanas, vuelta de espaldas, ajena a su silenciosa entrada, había una mujer muy alta, de unos setenta años.

Tatiana Volkov parecía una duquesa de la época de los zares, con el pelo recogido en un sofisticado moño y su esbelta figura embutida en un traje de chaqueta color crema con toques de encaje en el cuello y los puños.

–*Mamochka.*

Cali se sorprendió al escuchar tanta ternura en el tono de voz de Maksim.

También tomó por sorpresa a Tatiana, que se giró al instante y se quedó mirándolos paralizada. Entonces, se apresuró hacia ellos.

En un segundo, la mujer mayor tomó a Cali entre sus brazos con el fervor de una madre que hubiera recuperado a su hija perdida hacía años.

–Caliope, querida, muchas gracias por haber venido a verme. No sabes cuánto lo aprecio. Siento mucho haberte hecho venir hasta aquí. Yo quería ir a veros en cuanto Maksim me habló de ti y de Leonid, pero mi hijo insistió en que vendríais vosotros.

–Tienes miedo a volar, *mamochka* –le recordó Maksim–. Y no había razón para hacértelo pasar mal, aunque yo te hubiera acompañado.

Cali asintió.

–Leo se ha portado muy bien en el avión y a mí no me ha costado nada venir.

Tatiana volvió a abrazarla y a besarla y, con los ojos llenos de lágrimas, posó la vista en el bebé que Maksim transportaba en sus brazos.

–*Bozhe moy, Maksim… On vam, konda vy byli yego vozrasta.*

Al escuchar cómo Tatiana le decía a su hijo que el niño era su viva imagen cuando tenía su edad, Cali no pudo contener las lágrimas. Una conexión instantánea surgió entre la abuela y el nieto.

–Despiértalo –invitó Cali a Tatiana, tocándola en el brazo con suavidad.

–No puedo… está tan dormido… Parece un ángel.

–Y será un diablo si sigue durmiendo –indicó Cali con una sonrisa–. Lleva dormido casi todo el viaje en el coche y, si no se despierta, no pegará ojo esta noche. La verdad es que prefiero que no le cambie mucho el ritmo de sueño. Así que adelante, despiértalo.

Tatiana se secó las lágrimas.

–¿Quieres hacerlo tú? Igual se asusta si ve a una extraña nada más abrir los ojos.

Para asegurarse de que no fuera así y su primer encuentro fuera lo más agradable posible, Cali pensó que, igual, sería mejor que lo despertara su padre.

Solo con mirar a Maksim, él entendió su petición y se agachó con el pequeño. Lo besó en la frente y le habló con la mayor ternura del mundo.

–*Prospypat sya, moy lyubimaya.* Despiértate, mi amado Leonid.

A Cali se le inundaron los ojos de nuevo ante la magnitud del amor que presentía en el corazón de Maksim. Sabía que Leo se alimentaba de ese amor que le hacía ser cada día más fuerte. También le gustaba que Maksim le hablara en ruso y en español, de forma que el pequeño aprendiera a hablar ambos idiomas con fluidez.

Leo se removió, se estiró y abrió los ojos hacia su padre. Maksim le acarició la cabeza con suavidad. El pequeño lo abrazó del cuello y hundió la cabeza en su pecho.

Tatiana no pudo seguir conteniendo su llanto de emoción, mientras Maksim levantó a Leo en sus brazos y se lo acercó a su abuela, susurrándole dulces palabras en tono confidencial.

–Quiero que conozcas a alguien que te quiere tanto como yo.

Leo asintió como si entendiera y posó su atención en la mujer mayor.

Cali contuvo el aliento, sin saber cómo iba a reaccionar su hijo. Durante un rato, el niño se limitó a mirarla con curiosidad y la boca abierta, mientras Tatiana lloraba sin poder contenerse.

–*Ya mogu derzhat vas, ¿moy dragotsennyye serdtsa?*

Le estaba preguntando si podía sostenerlo en brazos.

Leo observó sus brazos extendidos y titubeó momento. Luego, miró a Maksim y, de nuevo, a Tatiana. Al momento, sonrió.

Acto seguido, le tendió los brazos a su abuela. Con un sollozo de alegría, la mujer lo recibió en su regazo y lo abrazó con cariño, al mismo tiempo que el pequeño la abrazaba encantado.

Al parecer, Leo se había dado cuenta de que sus lágrimas no eran de tristeza, sino de alegría, y había reaccionado de forma adecuada, contento por ser el centro de atención y el causante de tan hondas emociones.

A Cali también le corrían las lágrimas por las mejillas y, sin pensarlo, se lanzó a los brazos de Maksim, apretándose contra su corazón, justo donde había querido estar todo el día.

Maksim la sujetó con fuerza.

–*Spasiba moya dorogoya.* Gracias, por Leo… por todo.

Cali hundió la cabeza en su pecho, sin palabras para expresar su propia gratitud… por él, por lo que Leo de pronto había ganado. Pero, junto a su tremenda alegría, latía el temor a que todo fuera solo temporal. Maksim le dijo con la mirada que las palabras no eran necesarias, que lo comprendía. Luego, posó la atención de nuevo en su madre y su hijo, saboreando aquellos preciosos momentos.

Capítulo Cinco

Maksim suspiró mirando por la ventana de su dormitorio.

Su madre les había dado a Caliope y a Leo la suite de enfrente.

Estar tan cerca de Caliope durante el día era algo que podía soportar... más o menos. Durante las noches, sin embargo, saber que ella estaba a unos pocos metros e imaginársela preparándose para acostarse era una tortura.

Se había quedado tumbado, imaginándose que ella se estaba duchando. Había visualizado cómo las gotas resbalaban por cada curva de su precioso cuerpo. Luego, la había imaginado secándose el pelo, poniéndose crema corporal en cada centímetro de piel, metiéndose entre las sábanas con un suspiro de placer... Todas esas cosas que le había visto hacer tantas veces cuando había dormido con ella en aquel año maravilloso. Un mar de exquisitos placeres que él nunca volvería a disfrutar.

Por la mañana, se había despertado dolorido de tanto deseo, con la intención de esconderse en algún agujero en la otra punta de la casa. Sin embargo, cuando Cali había salido de su cuarto al mismo tiempo y le había dedicado una radiante sonrisa, él había decidido que soportaría cualquier cosa con tal de poder disfrutar de momentos como ese.

Ella se había convertido en su amiga, en su aliada, mientras antes solo había sido su amante. Y no podía evitar soñar con lo perfecta que podría ser la vida si ella le permitiera cruzar la última barrera y recuperar la pasión que habían compartido en el pasado.

Sin embargo, Maksim nunca le pediría algo así. Lo que Cali le daba era más que suficiente. En las últimas diez semanas, había vivido en un paraíso que no había creído posible. Y seguía sin poder creer que aquello le estuviera pasando a él.

Aunque así era. En ese momento, por la ventana de su dormitorio, estaba contemplando cómo su madre, Caliope y Leonid estaban juntos en el jardín, charlando y riendo.

Durante las dos semanas que llevaban allí, se había sentido en muchas ocasiones abrumado por la emoción y la gratitud. El niño se había mostrado al instante apegado a su abuela. Pero lo más sorprendente era que Caliope también estaba encantada con ella, algo que le llenaba el corazón de felicidad.

En una de sus charlas alrededor de la chimenea, Cali había confesado que siempre había echado de menos tener una madre. La suya había sido poco más que una sombra cuando había nacido, y había muerto cuando ella tenía solo seis años. Maksim tenía la sensación de que Tatiana era para ella la presencia maternal que siempre había necesitado. Por otra parte, parecía que, en ella, su madre había encontrado a la hija que había perdido.

Para coronar tanta plenitud, solo faltaba un día para el primer cumpleaños de Leo. Maksim solo había podido disfrutar los tres últimos meses de ese precioso año, y le dolía en el alma cada minuto que se había perdido. Al mismo tiempo, estaba decidido a permanecer junto a Caliope y su hijo hasta el final de sus días.

Aunque vivía cada segundo con ellos como si fuera a ser el último, rezaba porque su muerte no estuviera a la vuelta de la esquina. De todos modos, por si acaso, lo había previsto todo para ese momento y estaba tranquilo porque sabía que a Cali y a Leo no les faltaría nunca nada. Aunque se sentía tan fuerte y vigoroso que esperaba vivir todo lo posible.

Antes de estar con Caliope y Leonid, solo había tenido un vago instinto de supervivencia que le había impulsado a dar un paso tras otro. Sin embargo, aquello no había sido vida. Con ellos a su lado, la energía más poderosa alimentaba su corazón y hacía que todo mereciera la pena.

Sumido en sus pensamientos, suspiró de nuevo. Los amaba tanto…

Cuando se dirigió al jardín para encontrarse con ellos, los tres se giraron hacia él, sonrientes.

¿Qué había hecho para merecer tanta felicidad?, se preguntó, diciéndose que haría todo lo que estuviera en su mano para no defraudarlos.

Primero, Maksim posó los ojos en su madre. A pesar de todo lo que había sufrido, era una mujer fuerte, estable, serena y optimista. Pero, en ese momento, estaba más radiante que nunca, llena de felicidad. Y todo gracias a Leonid y a Caliope.

A continuación, miró a su hijo, ese pequeño milagro que siempre hacía que se le derritiera el corazón. Se preguntó una vez más cómo podían sobrevivir los padres amando y preocupándose tanto por sus hijos. Aun así, lo único que quería en la vida era ser el padre de Leonid y darle la vida más feliz, más segura y más sana que pudiera.

Al fin, centró la atención en Caliope, su descanso y el centro de su universo.

¿Cómo era posible que estuviera más guapa cada día?

Su radiante sonrisa rivalizaba con el sol. Su pelo color caramelo brillaba y se mecía con la brisa de otoño, mientras su ojos azules relucían de calidez. Sus labios jugosos estaban entreabiertos, dejando ver unos dientes pequeños y blancos. Como siempre que le sucedía cuando pensaba en ella, su cuerpo subió de temperatura.

Entonces, Leonid se lanzó a sus piernas, alzando su carita hacia él, reclamando su atención.

Maksim se agachó para tomarlo en sus brazos, aunque aquel día no lo dedicarían por completo a Leo. Era el turno de Caliope, que apenas había tenido tiempo en esas dos semanas de salir de la finca y conocer los alrededores.

Cuando levantó la vista después de besar a Leo,

Cali y su madre estaban mirándolo enternecidas por la bonita estampa que hacían padre e hijo.

–*Moy dorogoy*, tengo que llevar a tu *mamochka* de visita turística y creo que puedes cansarte, así que tienes que quedarte aquí con tu *babushka* Tatiana y *nyanja* Rosa, hasta que volvamos. Pero te prometo que el día de mañana será todo para ti –informó Maksim a su pequeño.

–Puede venir con nosotros –señaló Caliope mientras su sonrisa se desvanecía–. Estoy segura de que le gustará. Le gusta todo lo que hacemos juntos... –añadió y se giró hacia Tatiana–. Podemos ir todos. Será divertido. Se lo diremos a Rosa.

Sin duda, estaba tratando de no quedarse a solas con él, adivinó Maksim. Pero, antes de que pudiera pensar en una salida, su madre intervino.

–Yo necesito a Rosa para que me ayude a ultimar los preparativos de mañana. En cuanto a ti, Caliope, tienes que ver algo más que esta finca. Leonid se aburrirá en las visitas turísticas y no os dejará disfrutar.

Dicho aquello, Tatiana tomó al niño de la mano y se marchó con él.

–¿Lo has planeado tú, verdad? –le preguntó Cali a Maksim, mirándolo con una ceja arqueada.

–¿Con mi madre? No. Creo que está deseando que haga de anfitrión contigo mientras estás aquí. Siempre me echa en cara que no tengo habilidades sociales.

–Yo también lo creía, pero resulta que no se te da tan mal.

–Estoy intentando recuperar esos talentos que creía perdidos.

–Te felicito. Parece que, cuando te propones algo, siempre lo haces de forma excelente.

A Maksim le llenó de alegría el cumplido.

Lleno de gratitud porque Cali lo hubiera perdonado y, además, reconociera sus esfuerzos por cambiar para mejor, tomó su mano y se la llevó a los labios.

Ante la repentina rigidez de ella, la soltó de inmediato, temiendo romper el pacto implícito que habían hecho. Por nada del mundo podía arriesgarse a romper la confianza que Cali tenía en él.

Para disipar la tensión, él se obligó a sonreír.

–Me honra que tengas esa opinión de mis esfuerzos, *moya dorogoya*.

Maksim no podía dejar de llamarla «cariño mío». Era la misma expresión que utilizaba con Leonid, pues ambos eran sus únicos amores.

Aun así, se reprendió a sí mismo por no haber podido contenerse y haberle besado la mano, pues Cali parecía haberse retraído un poco a causa de ello. Para llenar el silencio que los envolvió cuando se subieron al coche, él recurrió a hacer comentarios turísticos sobre las zonas que recorrían.

Después de visitar los monumentos principales, Cali le pidió que la llevara a la sede de Aceros Volkov. Y, cuando ella le dijo llena de admiración que nunca había visto unas instalaciones tan avanzadas y gigantescas, se le hinchó el pecho de orgullo. Su aprobación era lo que más contaba para él.

Cuando el sol empezó a ponerse y mientras se acercaban a la última parada turística, Cali se giró de pronto hacia él.

–No se lo has dicho.

Maksim adivinó que se refería a su madre. Y al accidente.

–No.

–No es por entrometerme –se explicó ella–, pero ayer salió el tema de Mikhail y me di cuenta de que tu madre no sabía que sufriste el accidente con él. Solo necesito que me cuentes qué le has dicho para que no meta la pata si vuelve a hablar de ello.

Después de aparcar el coche, Maksim se volvió hacia ella.

–No te entrometes –aclaró él–. Tienes todo el derecho a saber hasta el último detalle de mí.

Una profunda emoción, cargada de perplejidad, inundó los ojos de Cali.

¿Acaso ella no sabía que tenía derecho sobre él? ¿O quizá no quería ese derecho, ya que lo había rechazado como pareja?

Maksim se forzó a sonreír.

–Pero gracias por tu preocupación. Le he contado lo que pasó, con la excepción de que me he excluido de la historia. Ella quería a Mikhail como a un hijo y ha sufrido su pérdida tanto como yo. No quería empeorar las cosas.

–Entonces no sabe lo de…

–No, no sabe lo de mi… estado de salud.

Ella suspiró con cierto alivio.

–Me alegro de que no se lo dijeras. Ahora es feliz.

–Y todo gracias a ti.

–Todo gracias a Leo –le corrigió ella, meneando la cabeza.

–Y a ti. Sé que mi madre te ha tomado mucho cariño. Es más, tengo la sensación de que te considera como a una hija.

A Cali se le llenaron los ojos de lágrimas.

–¿No es demasiado pronto para eso?

–El tiempo no tiene nada que ver con lo que uno siente por otra persona.

Ella asintió despacio, pensando que en su caso era cierto, pues el tiempo no había cambiado lo que habían sentido el uno por el otro desde el primer momento.

–Tienes razón. Me alegro de que pienses eso, pues yo siento lo mismo por ella. Es lo mejor para Leo, que su familia se lleve bien. Creo que él lo nota y le encanta.

–Es lo mejor para ti también. Y para ella. Las dos merecéis disfrutar de ese vínculo especial y yo creo que va a ser más profundo cada día –aseguró él, y se quedó mirándola un momento–. Ahora, nuestra última parada, el edificio más antiguo de Arkhangel´sk.

Minutos después, entraron en la torre principal de Gostini Dvor, la Corte Mercantil de la ciudad, y Caliope lo inundó con preguntas sobre el lugar, como había hecho durante todo el día.

–Este lugar era el alma comercial de Arkhangel´sk en los siglos XVII y XVIII. En esos tiempos, la ciudad exportaba casi la mitad de los productos que salían del país. Como a los rusos nos gustan los edificios grandes, quisieron construir algo imponente. Para ello, un equipo de arquitectos masones holandeses y alemanes tardaron dieciséis años –explicó él.

Cuando entraron en otra sección, ella volvió a interesarse por la historia del lugar.

–Sí, todo lo que entraba o salía tenía que pasar por este centro mercantil. Se importaban tejidos lujosos europeos, como el satén y el terciopelo, y se exportaba cera, madera y lino. A mediados del siglo XX, sin embargo, en medio de la decadencia comunista, muchos edificios estaban tan deteriorados que fueron demolidos. Tras la caída del imperio soviético a finales de siglo, se eligió la Corte Mercantil para que albergara un museo de historia, aunque se tardó mucho en restaurarlo por falta de fondos.

–Hasta que llegaste tú con tu varita mágica y restauraste toda la ciudad.

Él parpadeó, sorprendido.

–¿Cómo sabes esas cosas? No creo que estén en Internet.

–Tengo mis recursos –repuso ella con una sonrisa.

Incapaz de contenerse, Maksim le tocó con el dedo el hoyuelo que siempre se le dibujaba en la mejilla cuando sonreía.

–Eres una mujer de muchos recursos.

Pensó que ella iba a besarlo. Sabía que lo ansiaba tanto como él. Sin embargo, Cali giró la cabeza, fingiendo mirar alrededor.

—¿Piensas darme de comer o quieres que pierda los kilos que he ganado con los festines que nos prepara Tatiana?

Maksim le sonrió.

—¿Te apetece marisco?

Cali sonrió y aceptó y, durante la cena, no pararon de charlar animadamente y de reír. Era increíble lo mucho que había cambiado su relación y, al mismo tiempo, cómo seguía siendo la misma.

Cuando hubieron terminado, Maksim la llevó a dar un paseo en coche por la ciudad y las afueras, hasta que llegaron a Severodvinsk, una población al norte de la región. Entonces, aparcó y se quedó esperando la reacción de Caliope ante lo que estaba a punto de ver, con una sonrisa en los labios.

Durante un rato, ella estuvo hablando del cumpleaños de Leonid, diciéndole lo contenta que estaba porque Maksim hubiera invitado a su familia y amigos a volar hasta allí para asistir a la celebración. Hasta que, de pronto, se quedó callada, con la mirada en la ventanilla.

—¡La aurora boreal!

Cali se enderezó en su asiento con ojos muy abiertos, maravillada mientras presenciaba por primera vez en su vida aquel espectáculo.

Maksim la contempló, mientras ella admiraba las cortinas de color cayendo de los cielos en tonos esmeralda, rubí y zafiro, salpicados de diamantes.

–Había oído que la aurora boreal era espectacular, había visto fotos y documentales sobre ella, pero nada es equiparable a la realidad. No tengo palabras… para describirla.

Él asintió, complacido por su entusiasmo.

–Es verdad. Pero hoy es más espectacular todavía. Debe de ser porque estás tú aquí para verla.

Con un suspiro, ella se recostó en el asiento, admirando el paisaje. De pronto, se giró hacia Maksim con rostro preocupado.

–¡A Leo le habría encantado ver esto!

–La aurora seguirá aquí los próximos tres meses. Lo traeremos otro día. Esta noche quería que te relajaras y lo disfrutaras tú sola. Quería que fueras tú misma y no la madre de Leonid.

–Lo dices como si viviera solo para él –comentó ella, sin quitar los ojos del bello espectáculo.

–Solo trabajas y cuidas a tu hijo. No te diviertes nada.

–¡Mira quién habla!

–Yo he cambiado. Ya no soy un adicto al trabajo. Ninguno de los dos tenemos por qué seguir trabajando tanto.

–¿Quién trabaja tanto? Yo apenas he hecho nada desde que… Bueno, desde que has vuelto. Y, ya que lo dices, tú, tampoco.

–Me he tomado de baja los últimos tres meses –admitió él–. Pero pensé que tú estabas trabajando más que nunca para recuperar el tiempo que pasamos juntos.

–¿Lo dices en serio? –preguntó ella con una mirada adorable–. Aparte de las salidas diarias y de todas las actividades que planeas dentro de casa, apenas tengo tiempo para ducharme.

Al imaginársela duchándose, el cuerpo de Maksim subió de temperatura. Sin embargo, su preocupación por el bienestar de Cali era más fuerte.

–Tenías que haberme dicho que no te estaba dejando trabajar.

–¿Y qué habrías hecho? –inquirió ella sonriente–. No me digas que habrías venido menos a vernos o que tus visitas habrían sido más cortas. Creo que no hubieras sido capaz. Lo cierto es que me admira que no colocaras una tienda de campaña en mi salón para estar todo el día con Leo.

–No era solo Leo con quien quería estar.

En ese momento, Maksim estuvo tentado de decirle que la amaba, que lo era todo para él. Pero la mirada de los ojos de ella lo detuvo. Parecía… perdida. En ese estado, si le confesaba sus sentimientos, la pondría en una situación todavía más insostenible.

Por eso, se limitó a tomarle de la mano y a recostarse en su asiento, fingiendo contemplar la aurora. Pronto, Cali lo imitó y se pasaron una hora más allí sentados en silencio, hasta que ella le pidió que la llevara a casa.

Maksim estaba debajo de la ducha, tratando de calmarse y de dominar el galope de su corazón.

Caliope lo deseaba. Esa noche, sin ninguna distracción y solos los dos, su deseo había sido evidente.

Él sabía que, solo con insistir un poco, podía haberla tomado en sus brazos y haberla llevado a su suite. Sabía que ella habría ardido de pasión en su abrazo, le habría rogado que la tomara y se habría estremecido bajo sus caricias.

Sin embargo, Maksim no había querido hacerlo. Quería esperar a que fuera ella quien lo buscara libremente, sin sentirse presionada ni acorralada.

Y eso significaba vivir un infierno al tenerla cerca, pero no poder poseerla. Debía encontrar una forma de poder soportar aquella tortura, se dijo.

—Maksim.

Estaba empezando a tener alucinaciones, incluso oía su voz llamándolo como solía hacer en el pasado… llena de deseo y calor.

—Maksim.

Sonaba tan real…

Al abrir los ojos, por entre la niebla del agua caliente en el baño, la vio. Caliope.

Ella estaba allí, de pie, apoyada en el quicio de la puerta del baño, con un camisón de satén y encaje y una bata del color de sus ojos, justo como la había imaginado en sus fantasías.

Conteniéndose para no lanzarse sobre ella, esperó para ver qué quería.

Durante unos instantes mágicos, Cali se quedó mirándolo y se encogió al ver las cicatrices que le recorrían el cuerpo. Al detenerse en su erección, soltó un grito sofocado y levantó la vista hacia su cara.

–No podía esperar más –musitó ella.

Entonces, caminó hacia él con urgencia y lo abrazó debajo del agua de la ducha.

A punto de perder el equilibrio, Maksim se quedó perplejo. ¿Era posible que aquello estuviera sucediendo de verdad?

Como respuesta a su silenciosa sorpresa, Cali lo rodeó con sus brazos, llevándolo con ella contra la pared de mármol.

Se quedaron así unos segundos interminables, jadeantes, con sus miradas y sus cuerpos entrelazados. Entonces, en su rostro y en sus ojos, él leyó los mismos sentimientos que albergaba su corazón: su deseo, su urgencia...

Cali hundió los dedos en su pelo y lo atrajo a su boca para besarlo con pasión. Cuando él se rindió a su fervor, paralizado, sin poder creer lo que estaba pasando, ella gimió de frustración y le mordió el labio inferior.

Con un rugido, Maksim le quitó la ropa mojada y apretó su cuerpo desnudo, sintiendo sus pezones endurecidos, mientras ella frotaba su suave vientre contra la erección de él.

Temblando de deseo, ella trepó a sus caderas, rodeándolo con las piernas.

–Te necesito dentro de mí... ahora, Maksim, ahora.

–Caliope, *moya serdtse...*

Después de llamarla «mi corazón», jadeante,

Maksim unió sus bocas, flexionó las caderas para colocar su erección en la entrada de ella y la penetró, mientras ella le daba la bienvenida y se abría para él, mojada y caliente, estremeciéndose de placer.

—No lo hagas despacio ni suave —rogó ella, cuando él empezó a moverse en su interior—. Dame todo lo que eres, toda tu fuerza, toda tu pasión. Acaba conmigo.

Por nada del mundo Maksim le habría negado lo que le pedía. Sosteniéndole la mirada, le dedicó una arremetida poderosa y profunda, animado por sus gritos de placer.

—Caliope, al fin, *moya dusha*, al fin… —rugió él, apoyando su frente en la de ella.

—Sí… Maksim, hazlo, tómalo todo de mí. Te he echado mucho de menos, tanto que casi me vuelvo loca…

Incapaz de controlarse, él se hundió en su cálido interior, sintiendo cómo encajaban a la perfección. Al fin, había regresado a su hogar. Entró y salió una y otra vez, haciéndola gritar y gemir.

En pocos minutos, percibió cómo el interior de ella se contraía alrededor de su miembro, con los espasmos del orgasmo. Fue un éxtasis interminable, mientras los gritos de ella se alargaban en uno solo, de la más pura satisfacción.

Cuando Cali dejó al fin de temblar, la penetró hasta el centro de su feminidad, entregándose a su propio clímax en una deliciosa explosión de placer.

Incapaces de seguir sosteniéndose en pie, se

sentaron en el suelo de la ducha. Con la mente en blanco, sus lenguas siguieron besándose en un lánguido baile. Beber su sabor era como degustar el tónico de la resurrección, pensó él.

Tiempo después, Maksim apartó su boca para mirarla. Entonces, los labios de ella, hinchados por el placer, se abrieron y dejaron escapar una tierna y sobrecogedora melodía.

Él tardó unos segundos en comprender lo que le había dicho.

—¿Te casarás conmigo, Maksim?

Capítulo Seis

Maksim se quedó mirando la cara sonrojada de Caliope y se preguntó si se habría vuelto loco.

Tratando de reunir toda su cordura, apagó el grifo del agua y la ayudó a levantarse. Salió con ella de la ducha, la secó y la llevó a la cama. Cali se rindió a sus mimos como un felino entregado a los cuidados de su amo.

Después de tumbarse a su lado y abrazarla, llenándole el cuerpo de caricias y la cara de besos, Maksim habló al fin.

–¿Por qué? ¿Qué ha cambiado?

Cali tomó el rostro de él entre las manos. En sus ojos había tristeza, dolor.

–Quiero que comprendas por qué te dije que no, por qué he mantenido las distancias contigo en los últimos tres meses –hizo una pausa con respiración temblorosa–. Fue por Leonidas.

Se refería a su hermano muerto, con cuyo nombre había bautizado a Leonid.

Maksim presintió que aquella revelación era dolorosa para ella, así que prefirió que no siguiera. Pero, también, adivinó que necesitaba desahogar sus sentimientos. Besándole la palma de la mano, asintió.

–Nunca te había contado lo que pasó, quizá porque me parecía demasiado doloroso. Leonidas era el más cercano a mí en edad y en todo. Mi único amigo.

Maksim le acarició la espalda para darle fuerzas y ella prosiguió en voz baja.

–Le gustaba mucho el deporte y, cuando estaba compitiendo en una carrera, sufrió una fractura grave en la rodilla izquierda. Durante el tratamiento, descubrieron que padecía una variante maligna de osteosarcoma.

A Maksim se le contrajo el corazón al intuir cómo terminaría la historia. La abrazó con más fuerza, intentando protegerla de la desesperación que ella había sentido al perder al hermano que más había amado.

–Le dijimos a todo el mundo que iban a operarlo para arreglarle la fractura. Solo yo sabía que era una intervención muy delicada para extirparle los tumores. Pero ya estaban en un estado avanzado, con metástasis en los pulmones. Nos dijeron que con quimioterapia muy agresiva tenía un cincuenta por ciento de probabilidades de sobrevivir. Yo le convencí de que se sometiera al tratamiento, ya que era joven y fuerte y podría resistirlo, y le aseguré que lo acompañaría durante todo el proceso. Cuando accedió, me mudé con él y pasamos por los ciclos de quimioterapia, que sobrellevó lo mejor que pudo.

Los ojos de Cali se llenaron de lágrimas al revivir tanto dolor.

–Pero, al año siguiente, le encontraron otro tumor y, en esa ocasión, no hubo forma de salvarle la pierna. Además, las probabilidades de supervivencia habían bajado. Cuando salimos del hospital, me dijo que quería estar solo un rato, que luego iría a casa. Dos horas después, me llamó la policía para informarme de que había tenido un accidente de coche mortal.

A Maksim se le encogió el corazón al ver el sufrimiento de ella.

–Yo… creí que iba a tener más tiempo para estar con él. Pero se fue de pronto, y todo lo que había estado bloqueando desde que descubrieron que tenia cáncer, todo el miedo, el dolor, la ansiedad… de pronto me aplastaron. Pensar que no había servido para nada fue un golpe devastador. Durante meses, creí que no podría superarlo. Entonces, te conocí.

Cuando Cali le había contado el maltrato psicológico que su madre había padecido a manos de su padre, Maksim había creído que esa era la explicación de su resistencia a comprometerse. Pero su reciente revelación mostraba una dimensión más profunda del estado de ánimo que ella había tenido cuando lo había conocido.

–Y yo te provoqué más sufrimiento, sobre todo cuando te abandoné –reconoció él, sintiéndose más culpable que nunca–. Encima, cuando regresé, solo te ofrecía más angustia e incertidumbre.

En ese instante, Cali dejó de llorar y le dedicó una firme mirada de convicción.

–No, Maksim. Ahora entiendo que tus problemas te parecieron insalvables en ese momento y ya no creo que, si me lo hubieras contado en el pasado, hubiera ayudado a que nuestra relación funcionara. Los dos tuvimos que pasar por esto para conocernos mejor a nosotros mismos y para averiguar lo que somos el uno para el otro, para bien o para mal.

Sintiendo que no merecía su amor y su perdón después de todo el daño que le había causado, Maksim se apartó y se incorporó.

–Comprendí por qué rechazaste mi propuesta. Era demasiado arriesgado y tú tenías que establecer prioridades. Pero no me imaginé que la dolorosa pérdida de tu hermano también estaba entrando en la ecuación. Ahora que lo sé, no entiendo por qué has cambiado de idea respecto a nosotros.

Cali se sentó también. Era una diosa de belleza, con pechos turgentes y voluptuosos; fina cintura; largos y esbeltos muslos; el pelo, una cascada de seda sobre los hombros. Él se tapó con las mantas para ocultar su erección, avergonzado por la reacción de su cuerpo justo cuando ella le estaba revelando sus más íntimos sentimientos.

Pero ella se colocó sobre él, apoyando la mano en su pecho y haciendo que su erección se desbordara.

–La primera noche, te rechacé porque creí que podría volver a mi antigua vida y criar a Leo sin ti. Pero te dejé entrar en nuestra vida y ahora no puedo negar que eres parte de nosotros, parte de nuestra familia. Te quiero y no puedo vivir sin ti, Maksim. ¿Quieres casarte conmigo, mi amor?

Escuchar su confesión fue demasiado para él. ¿Era posible sentir tanta felicidad? Sin embargo, Maksim solo quería lo mejor para ella y para Leo...

—¿Y si hiciste bien en rechazarme? ¿Y si lo peor que te ha pasado es que yo entrara en vuestras vidas? ¿Y si me sucede algo...?

Cali acalló sus dudas y ansiedades con un apasionado beso.

—Ya te amaba con toda mi alma antes de que te fueras. Y mi amor no ha hecho más que crecer. Si te pasa algo, estemos casados o no, me hará pedazos de todas maneras. Así que lo único que conseguiría manteniéndote alejado es privarme de la intimidad que podemos compartir el tiempo que nos quede para estar juntos.

Maksim se puso rígido. No podía soportar pensar en que Cali fuera a sufrir. La amaba, pero no quería que padeciera la agonía de amarlo y vivir con miedo de perderlo.

Como si hubiera adivinado sus pensamientos, ella le tiró del pelo para llamar su atención.

—Como dijiste la primera noche, nadie sabe cuánto tiempo te queda de vida. Lo único que podemos hacer es aceptar lo que tenemos. Y tú eres lo mejor que me ha pasado en la vida. También eres el mejor padre que podía haber soñado.

Su sincero halago y la profundidad de su dependencia le llegaron a Maksim al corazón con una mezcla de gozo y terror.

Había sido él quien había creado aquel dilema imposible. Cali ya lo amaba tanto como él a ella y la lastimaría tanto si unía su vida a la de ella como si mantenían las cosas como hasta ese momento. La única salida que le quedaba era darle lo que ella quería. Estaba dispuesto a entregarle todo su ser.

–Te lo pido otra vez: cásate conmigo. Por favor, mi amor, di que sí.

¿Cómo podía él responder otra cosa?

–Sí, sí… Soy todo tuyo. Haz conmigo lo que quieras.

Entonces, Maksim se tumbó sobre ella, entre sus piernas.

Con lágrimas de felicidad en los ojos, Cali se abrió para él.

–¿Lo antes posible?

–¿Qué te parece mañana? –preguntó él, al mismo tiempo que la penetraba.

La combinación de su propuesta y su posesión arrancaron un grito de gozo de lo más profundo del pecho de Cali.

–Sí –gimió ella, rodeándolo con las piernas, presa del éxtasis.

Caliope seguía sin poder creerlo.

Había acudido a la habitación de Maksim la noche anterior sin pensarlo. Se había sentido incapaz de mantenerse alejada de él ni un segundo más. Nada de lo que había pasado, ni sus confesiones, ni su proposición, había sido premeditado en absoluto.

Había ido a verlo sin más, sin ningún plan, y había dado un paso que cambiaría su vida para siempre.

Pero su destino ya había cambiado para siempre desde el momento en que lo había conocido en aquella fiesta hacía tres años. La única diferencia era que, al fin, ella lo había aceptado y estaba en paz con sus propios sentimientos.

Si no podía estar con él, no quería estar con ningún otro.

Al pasar delante de uno de los sofisticados espejos que adornaban las paredes de la mansión, se miró a los ojos y se encogió.

¿Podía ser más obvio que apenas había podido sobrevivir a una noche de pasión desenfrenada?

Le dolía todo el cuerpo, incluso tenía las caderas doloridas de tanto hacer el amor. Había sido ella quien le había suplicado que no tuviera compasión cuando el había intentado ser suave. Había ansiado que la devorara, la dominara y la devastara. Y él lo había hecho.

No habían dormido en absoluto. ¿Pero quién necesitaba dormir? La energía que los envolvía cuando hacían el amor era suficiente para mantenerlos despiertos durante toda una semana. Cali se sentía más alerta y despierta que nunca. Habían necesitado tener sexo cinco veces seguidas para tomarse un respiro. Había sido entonces cuando ella había empezado a tener dudas sobre la propuesta de Maksim de casarse de inmediato.

Temiendo que su aniversario coincidiera con el cumpleaños de Leo, ella le había sugerido mantener allí a sus invitados durante unos días más y casarse al final de la semana.

Sin embargo, él había insistido que no necesitaban tener un día especial al año para celebrar que eran marido y mujer, pues él pensaba festejarlo todos los días de su vida. Y Cali lo creyó.

Así que iban a casarse ese día.

A las seis de la mañana en punto, Maksim se había ido a prepararlo todo. Ella le había dado carta blanca para hacerlo como más le gustara. No tenía ninguna exigencia, solo quería tener la libertad de demostrarle que él lo era todo para ella. Además, le había pedido que fuera él quien anunciara al mundo entero su amor.

No había sido la primera vez que Cali había visto lágrimas en los ojos de su amante. Pero, en ese momento, había presenciado una inundación. Y se había contagiado al instante, sobre todo, cuando Maksim le había rogado que fuera ella quien diera la noticia a todos, empezando por su madre.

Él quería que fuera Cali quien le ofreciera a su madre lo que pensaba que iba a ser el mejor regalo que había recibido jamás, después de Leo. Una esposa para su hijo. Una nuera. Una hija.

Esa mañana, Cali había quedado con Tatiana en la sala donde habían planeado celebrar el cumpleaños de Leo y donde también celebrarían su boda. Leo había sido quien había elegido el lugar, el salón de baile. El pequeño había estado maravillado con los techos pintados y los adornados espejos que cubrían las paredes. Tanto que cada día les había hecho acompañarlo allí, mientras él se lo pasaba en grande mirándose en los espejos desde todos los ángulos posibles y tumbándose en el suelo para mirar el techo. También había sido el escenario de uno de los mayores hitos en el desarrollo del niño, pues allí había dado sus primeros pasos, pocos días después de aterrizar en Arkhangel´sk.

Había sido una buena elección, ya que era la estancia más grande y adornada de la mansión. Pero la lista de invitados que había hecho Tatiana, al parecer casi todos los ciudadanos de Arkhangel´sk, iba a necesitar más espacio. Quizá, apenas bastaría con utilizar la mansión al completo.

Sintiéndose en las nubes, Cali se apresuró a su cita con la abuela de su hijo. Siempre que recorría aquella casa, era como si hubiera hecho un viaje en el tiempo y, en cualquier momento, pudiera encontrarse a personajes históricos de la época de los zares.

Sonrió a los empleados que se encontró a su paso y, a toda prisa, entró en la sala de baile.

El corazón le dio un brinco de felicidad al ver la escena que la esperaba dentro. Tatiana y Leo encajaban a la perfección. Y ella no podía estar más contenta por haber aceptado viajar a Rusia. Si no, su hijo y su suegra no habrían podido disfrutar tanto en su compañía mutua. Rosa, que se había convertido ya en parte de la familia, también estaba pasándolo de maravilla allí y, al parecer, había encontrado también al amor de su vida en Sasha, el chófer y guardaespaldas de Maksim.

¿Podía ser la vida más perfecta?

Nada más pensar aquello, Cali se encogió un poco.

¿Cuánto tiempo podía durar tanta felicidad?

—Caliope, *¡moya dorogoya!*

La alegre bienvenida de Tatiana sacó a Cali de sus oscuros pensamientos y corrió hacia ella y hacia el pequeño.

Durante los siguientes quince minutos, Tatiana no le dio oportunidad de contarle nada, pues estaba entusiasmada hablándole de todos los detalles de la fiesta de cumpleaños y pidiéndole su opinión sobre los colores, el menú y cómo organizar los asientos.

Leo se aburrió enseguida y Rosa lo llevó al cuarto de juegos, que Maksim había transformado en la fantasía de cualquier niño.

A continuación, Tatiana llevó a Cali a su sala de estar favorita, el gran salón. Estaba decorado con cuadros y trofeos que parecían un documental de la larga historia y gloria de la familia Volkov. Algo que Maksim nunca había mencionado.

Aunque él siempre había sido profuso dándole información de su país y la región, también había sido muy parco a la hora de dar detalles de su familia.

Por lo que le había contado de su padre y su abuelo, Cali entendía su reticencia. Al principio, ella había creído que no era buena idea indagar para tener más información. Sin embargo, en ese momento, sintió que necesitaba recabar todos los datos posibles para conocer mejor a su futuro marido. Había intentado abordar el tema muchas veces, pero él siempre había cambiado de tema y había conseguido evadir sus preguntas.

Tatiana era la otra persona que podía contarle lo que quería saber. Aunque Cali no tenía ni idea de cómo introducir el tema sin que pareciera que pretendía meter las narices en algo que Maksim no había querido compartir con ella.

¿Pero en qué estaba pensando? Debería hablarle a Tatiana de inmediato de la boda, en vez de estar intentando sonsacarle los secretos de la familia Volkov.

Tatiana le ofreció un plato de *pirozhki*, deliciosos pastelitos de patata y queso, con un poco de *smetana*, una sabrosa salsa de crema amarga que los rusos utilizaban en abundancia.

Cali le sirvió el té antes de empezar a hablar.

–Tatiana…

–Maksim no te ha hablado mucho de su padre, ¿verdad? –adivinó Tatiana, obviamente ajena a que la estaba interrumpiendo–. ¿Te ha contado algo de mi matrimonio con él, además de que fue una relación de maltrato que terminó trágicamente?

Vaya. ¿Había estado pensando en ella con tanta intensidad que había transmitido su curiosidad a

Tatiana por telepatía?, se preguntó Cali, quedándose sin palabras. Solo pudo negar con la cabeza.

Tatiana suspiró.

—Me duele que no pueda perdonarlo ni olvidarlo.

Cali dejó el *pirozhki* en la mesa. De pronto, le resultó imposible comer.

—¿Cómo va a personar u olvidar después de haber vivido cosas tan horribles? Cuando me lo contó, lo que me sorprendió fue que sobrevivieras a todo aquello. Pero ahora sé que eres la persona más fuerte que conozco y que puedes sobrellevar cualquier cosa. Y, por la manera en que hablas de tu difunto esposo, me da la sensación de que tú, al menos, lo has perdonado. Me preguntó cómo has podido.

—Quiero contártelo para que puedas entender mejor a Maksim. Pero, para ello, debo empezar por contarte mi historia familiar.

Cali asintió, casi petrificada, y Tatiana suspiró de nuevo.

—Vi a Grigori por primera vez cuando yo tenía veinte años y él, veintinueve. Yo trabajaba en una de las fábricas de madera cuando Grigori entró allí con su padre, el alcalde de la ciudad, para aprender cómo funcionaba una de las principales industrias de la región. Al verlo, me quedé impresionada y a él le pasó lo mismo.

Sumida en sus recuerdos, la mujer hizo una pausa antes de proseguir.

—Pero, aparte de todas las teorías sobre igualdad del comunismo, una pobre trabajadora de fábrica y un joven de lo que se consideraba la nueva realeza de la Rusia soviética tenían poco que hacer juntos. Sin embargo, él removió cielo y tierra, se enfrentó a su padre y a su familia para conseguir tenerme. Aunque, a veces, me inquietaba su impetuosidad, la atracción que sentía hacia él era demasiado fuerte. Para una chica joven como yo lo era entonces todo parecía un cuento de hadas hecho realidad.

Tatiana tomó un trago de té e hizo una seña a Cali para que la imitara. Cali tragó un poco, sin ganas, sentada en el borde de la silla, sintiéndose sumergida en otra era.

–Entonces, nos casamos –continuó Tatiana–. Lo malo fue que, durante años, yo no pude quedarme embarazada. Todo el mundo le presionaba para que me dejara, pues no solo era una unión inapropiada, sino también estéril. Creo que Grigori creyó que era él quien no podía tener hijos y fue volviéndose cada vez más malhumorado, al mismo tiempo que los cargos que ocupaba eran cada vez más elevados y conllevaban más responsabilidades. Tardé cinco años en quedarme embarazada. Creo que él siempre dudó de que Maksim fuera suyo, aunque sin ningún fundamento.

¿Sería eso lo que lo había llevado a maltratar a su esposa y a su hijo?, se preguntó Cali. Igual se había creído traicionado y cargado con el fruto de la infidelidad de su mujer, para criar a un niño ajeno como si fuera suyo.

–Sin embargo, su maltrato no había empezado entonces, sino antes. Entonces fue cuando comenzó a ser habitual –explicó Tatiana, echando por tierra su teoría.

Aquel bastardo ya había sido un monstruo desde el principio, caviló Cali.

–Fueros tiempos terribles. Estábamos atravesando los peores momentos de la Guerra Fría y la situación del pueblo ruso era muy delicada. Tener a un marido que me abofeteaba de vez en cuando pero que, por otra parte, nos lo daba todo a mí y a mi familia parecía una menudencia en comparación con tanta gente que no tenía ni trabajo, ni casa, ni comida. Además, yo era una joven sin experiencia en la vida y no sabía que pudieran hacerse las cosas de otra manera.

Igual que la madre de Cali. De nuevo, ella se dio cuenta de lo valiosos que eran los derechos que las mujeres habían logrado en los últimos cincuenta años.

–Después del nacimiento de Maksim, Grigori ascendió a vicegobernador y pronto se dio cuenta de que no estaba capacitado para tal posición. Sin embargo, no podía admitirlo sin arriesgarse a deshonrarlos a su padre y a sí mismo para siempre. Él sabía lo que les ocurría a aquellos que eran considerados inadecuados en la jerarquía comunista. Se esforzó mucho, pero las cosas no hicieron más que empeorar con el tiempo. Los informes sobre sus errores y las investigaciones sobre sus fracasos fueron acumulándose y él empezó a derrumbarse.

Cali se mordió la lengua. Si la otra mujer pensaba que iba a sentir compasión por el maldito bastardo que había golpeado a Maksim de niño y que casi había destruido su relación, estaba muy equivocada.

Ajena a los pensamientos de su interlocutora, Tatiana prosiguió.

–Empezó a pagarla conmigo cada vez más, pero cuando Maksim se fue haciendo mayor y comenzó a defenderme, poniéndose en contra de su padre, volcó toda su ira sobre él. Creo que, cada día, estaba más convencido de que Maksim no lo habría odiado así si hubiera sido hijo suyo. Entonces, a pesar de mis medidas de prevención, me volví a quedar embarazada. Pensé en abortar, pero al final no fui capaz y me vi obligada a contárselo a Grigori. Su paranoia no hizo más que crecer y llegó al culmen cuando lo despidieron de su puesto, solo cinco meses después del nacimiento de Ana. Nos dieron solo un mes para dejar esta residencia para que la ocupara su sustituto. El día que teníamos que irnos, se volvió loco, me acusó de ser la razón de todas sus desgracias, de cargarlo con dos bastardos que no eran suyos y… el resto lo conoces.

Claro que Cali lo conocía. Y, después de enterarse de los detalles, odiaba todavía más al padre de Maksim. Por mucho que lo intentara, no podía comprender cómo Tatiana había logrado mantener la cordura, teniendo en cuenta todo lo que había tenido que soportar.

Tatiana suspiró.

–Ahora viene la mi parte y la de Maksim. Cuando salimos del hospital, no teníamos casa, ni familia, pues mis padres habían muerto y yo no tenía hermanos. La familia de Grigrori, además, no quería tener nada que ver con nosotros. Para colmo, mi marido se había hecho muchos enemigos y todos sus errores estaban saliendo a la luz –recordó la mujer mayor con un suspiro y el rostro impregnado de tristeza–. Todo parecía un infierno. Yo trabajaba en cualquier cosa que podía encontrar y Maksim me acompañaba a cada paso del camino, estudiando, trabajando, cuidando de mí como si fuera un hombrecito. No creo que hubiera podido sobrevivir sin él –admitió–. Entonces, cayó la Unión Soviética y todo fue un caos durante un tiempo. Yo empecé a temer que Maksim se hubiera metido en algo ilegal cuando llegaba a casa por las noches lleno de cortes y moretones. Pero lo que estaba haciendo era defender a los más vulnerables de los criminales que los explotaban. Y, en vez de trabajar en alguna de las fábricas que había en la región, quería montar algo nuevo y dirigirlo. Eligió el acero. Aunque necesitaba aprender cómo funcionaba ese negocio desde abajo, así que se fue a Magnitogorsk, el centro de la industria metalúrgica rusa. Empezó a ganar dinero de inmediato y, cada día, ascendía más alto. Cuando llegó a los veinticinco años, ya se había hecho millonario. Entonces, regresamos aquí para fundar Aceros Volkov y me compró esta casa.

Caliope había dejado de esforzarse por contener las lágrimas. Era conmovedor imaginarse a Maksim de niño, de adolescente y de jovencito, luchando contra el más implacable escenario social, político y económico, defendiendo a su madre y a todos lo que necesitaban su fuerza e intelecto, enfrentándose a las dificultades y llegando a lo más alto.

Y, encima de todo, saber que era suyo era lo más impresionante de todo. Sin embargo, había algo que Cali no comprendía.

–¿Por qué quisisteis recuperar este lugar donde ambos habíais sufrido tanto?

Los ojos de Tatiana se inundaron de ternura.

–Porque la mayoría de mis recuerdos de esta casa eran del tiempo que pasé con mi querido hijo. Y con mis padres, hasta que murieron. Y, después de que la pérdida y el dolor fueran desvaneciéndose, quise recuperar aquellos recuerdos.

–¿Pero qué sentía Maksim? –inquirió Cali–. ¿No le resulta difícil venir a verte a este sitio donde lo pasó tan mal?

–Sé que los buenos recuerdos no compensan los malos tiempos que sufrió. Pero no solo ha sido la nostalgia lo que me ha hecho volver aquí. Tengo una responsabilidad hacia la gente del lugar, que me defendió en los peores momentos, y a quienes el mal gobierno de Grigori perjudicó en su tiempo. Quería ofrecer puestos de trabajo en mi casa y ayudar a desarrollar la comunidad en el aspecto cultural y social, ya que mi hijo se estaba ocupando de impulsar la economía.

Aquello lo explicaba todo, caviló Cali. Al fin comprendía bien cómo su futuro marido se había convertido en el hombre que más amaba y admiraba del mundo.

Bueno, era hora de darle a Tatiana la buena noticia, pensó. Sin embargo, la madre de Maksim no había terminado. Dejó su taza y le tomó las manos a Cali, mirándola con gesto solemne.

–Sé que Maksim siempre ha cargado con el miedo de ser tan inestable como su padre, pero te aseguro, Caliope, que no se parece en nada a él ni a su abuelo. Siempre ha mantenido el control, nunca se ha mostrado inestable ni agresivo como su padre. De hecho, cuando está bajo presión, es todavía más estable –aseguró, llena de fe maternal–. Así que no tienes nada que temer. Maksim preferiría morir antes que levantar la mano contra alguien más débil, menos aún contra aquellos a quienes ama y que dependen de él.

Cali le apretó las manos, intentando calmar su agitación.

–Lo sé muy bien, Tatiana. Estoy tan segura que apostaría mi vida en ello.

–¿Entonces por qué no te casas con él? –preguntó la mujer con tono de urgencia.

Llena de felicidad, Cali esbozó una radiante sonrisa.

–¿Quién ha dicho que no vaya a hacerlo? ¡Voy a casarme con él... hoy!

Capítulo Siete

Después de anunciarle a Tatiana que la boda se celebraría ese mismo día y después de que la otra mujer se recuperara del shock, ni siquiera intentó convencer a Cali de que le diera un poco más de tiempo para prepararlo todo. La madre de Maksim señaló que la boda llegaba tres años tarde y que no iban a posponerla ni un segundo más. Además, todavía les quedaban doce horas por delante. Había tiempo de sobra para alguien experto en preparar celebraciones, aseguró.

De eso Cali estaba segura. Sabía que Maksim y su madre podían hacer realidad cualquier cosa. Ambos le habían prometido por separado que su boda haría palidecer las de los antiguos zares.

Aunque a ella no le importaba mucho cómo fuera la boda. Lo único que quería era que sus familiares y amigos estuvieran allí para presenciarlo. Lo que de veras le importaba era convertirse en Caliope Volkov…

—¿Así que tu hombre es tan prepotente que quiere unir en uno solo dos eventos tan importantes?

La pregunta socarrona sorprendió a Cali cuando salía del baño. Con alegría, se encontró a Aristides y Selene, con sus dos hijos, ante la puerta del dormitorio.

Aunque estaba tan cansada que solo quería tirarse en la cama y dormir diez horas seguidas, le emocionó tanto verlos que corrió a abrazarlos y besarlos.

Tomó a la pequeña Sofía en brazos, contándole lo mucho que su tía la había echado de menos y que Leo estaba deseando tener a alguien de su edad con quien jugar.

–Había oído hablar de bodas y cumpleaños dobles, pero el cumpleaños de un bebé y la boda de los padres del bebé… eso sí que es nuevo para mí –bromeó Aristides con una sonrisa.

Selene le dio un suave golpecito en la barbilla a modo de reprimenda.

–Ni se te ocurra ponerte en el papel de hermano mayor pesado.

Aristides volvió la mirada llena de ternura a su esposa.

–Es mi hermana pequeña. Puedes apostar lo que quieras a que voy a vigilar a ese Maksim de cerca y a responsabilizarle de que Cali sonría. Y, si la veo llorar una sola lágrima…

–¿Como los ríos de lágrimas que me hiciste llorar a mí? –preguntó Selene, mirándolo con cariño.

Él bajó los ojos, obviamente disgustado por haberle causado el más mínimo dolor en el pasado.

–Eso fue antes de que nos casáramos.

Selene arqueó una ceja.

–Y ahora te comportas bien porque yo tengo tres hermanos griegos fuertes y fornidos vigilándote y haciéndote responsable de que yo sonría.

–Si crees que esos hermanos tuyos tienen algo que ver con cómo me comporto contigo…

–Tranquilo, Aris –le susurró ella, y lo besó con ternura–, solo estaba bromeando para que te relajaras con Maksim –le explicó y miró a Cali–. Todavía tiene ataques de malhumor. Pero estoy ayudándole a superarlos.

–Por el momento, has hecho un trabajo excelente –comentó Cali, riendo, feliz de ver cómo su adorado hermano mayor estaba tan enamorado de la mujer de su vida–. Antes de que tú llegaras, nosotros creíamos que no tenía sentido del humor en absoluto. ¡Creíamos que no era humano!

–¿Como tu hombre? –replicó Aristides, abrazando a su mujer de la cintura y posando los ojos en Alex, que se había subido a la cama de Cali y estaba jugando con las cosas que tenía en la mesilla de noche–. Maksim era un frío robot ruso en toda regla.

Selene rió.

–Igual resulta que tu hombre y el mío fueron gemelos separados al nacer.

Cali rompió a reír.

–Sustituye lo de ruso por griego y cualquier cosa que digas de uno puede utilizarse para describir al otro.

Aristides apretó los labios y esbozó gesto serio.

–La buena noticia para tu hombre es que, al

fin, ha hecho lo correcto. Y te ha convencido en un tiempo récord.

–Te confundes en ambas cosas –contestó Cali–. Fui yo quien le pidió que se casara conmigo y tres meses me han parecido una eternidad.

Aristides esbozó una mirada letal.

–¿Quieres decir que has sido tú quien ha estado intentado que se comprometiera durante todo este tiempo?

Cali levantó una mano hacia él para calmarlo.

–Cálmate, Aris. No es nada de eso. Los dos queremos estar juntos con todo nuestro corazón. Él me pidió que me casara con él la primera noche que volvió y yo rechacé su proposición, pero aun así nos dedicó todo su tiempo a Leo y a mí. Ayer mismo, al fin, yo tuve que aceptar que no podía vivir sin él. Sin embargo, como sabía que él nunca me lo habría vuelto a pedir, para no presionarme, fui yo quien tuve que proponérselo.

Aún no convencido del todo, Aristides le lanzó una mirada cargada de gravedad.

–Más vale que sea verdad, Cali.

¿Acaso Aristides sospechaba que Cali era como había sido su madre, la víctima perfecta para un maltratador?

–Es la verdad –le aseguro ella, mirándolo a los ojos–. No soy una mujer fácil de engañar.

–Si estás segura... –repuso su hermano, tras sostenerle la mirada un momento y decidir que podía relajarse.

–Lo estoy –afirmó Cali, y le entregó a Sofía, que

se había quedado dormida entre sus brazos–. Ahora, préstame a tu mujer y ve a buscarme a Melina, Phaidra, Thea y Kassandra.

–¿Me has llamado?

La alegre voz de Thea sonó en la puerta, seguida de todas las personas a las que había nombrado Cali. Llevaban las cuatro el mismo vestido que Selene, un bello modelo sin mangas, con un hombro desnudo, cintura ajustada y falda de vuelo de color azul, con bordados dorados. Ellas iban a ser sus damas de honor, se recordó Cali con un nudo de emoción en la garganta.

–¿A que somos rápidas?

–Me habéis leído la mente –dijo Cali con una sonrisa, les hizo entrar y se giró hacia Aristides–. Ve a ver qué ha planeado para ti Maksim durante la ceremonia y compórtate o haré que Selene te regañe.

Fingiendo resignación, Aristides iba a salir cuando Cali lo detuvo un momento.

–¿Ha venido Andreas?

–Claro que sí –repuso Aristides–. Dice que no se habría perdido la boda de su hermana pequeña por nada del mundo.

Una vez más, Cali se emocionó, pues hacía mucho tiempo que no veía a su hermano Andreas. Todo parecía perfecto.

–Vais a ver el vestido que me ha regalado Maksim –anunció Cali a sus damas de honor cuando Aristides hubo salido de la habitación–. Yo casi me desmayo al verlo.

Girándose hacia el vestidor, les mostró el atuendo en cuestión.

Todas se quedaron con la boca abierta.

–¡Es el traje de novia de la emperatriz Alexandra Feodorovna! –exclamó Kassandra, al reconocerlo.

Sí. Maksim le había comprado el vestido de la última zarina de Rusia.

–Tiene que ser una réplica –comentó Kassandra, sin poder dar crédito–. El adorno que el original llevaba en la parte inferior del cuerpo era rojo y este es azul, del color de tus ojos.

–Eso pensé yo al principio, pero no me puedo imaginar cómo consiguió que hicieran una réplica en solo diez horas –replicó Cali, conmovida–. La única explicación que se me ocurre es que Maksim hizo que cambiaran el original para mí.

–Pero… pero… –balbució Kassandra, impresionada–. Ese vestido es una reliquia. ¿Cómo ha podido hacerse con él?

–Creo que Maksim es un hombre muy, muy influyente, querida –observó Selene.

Las cuatro se quedaron admirando la obra de arte que era el vestido unos momentos.

–Es precioso. ¿Pero cómo te lo pones? No veo cremalleras ni botones –señaló Thea.

–Hay una manera –informó Kassandra con la seguridad de una experta–. Sentaos mientras yo meto a Cali aquí dentro.

Aliviadas por no tener que manejar aquel sofisticado artefacto, las mujeres se sentaron y se quedaron mirando, como si estuvieran en un desfile de moda, mientras Cali se iba con Kassandra.

Diez minutos después, allí estaba. Todavía no se había peinado ni se había puesto el maquillaje, pero parecía por completo transformada. El vestido de satén blanco se ajustaba a la perfección a su cuerpo. El cuerpo se abría en un escote ovalado y se ajustaba a la cintura. Las mangas largas caían abiertas desde el codo, dejando los brazos al desnudo cada vez que los movía. La falda tenía una cola de dos metros y medio que partía de la cintura, con pliegues de tul. Tanto los bordes de las mangas como los de la cola y la cintura estaban bordados con complejos entramados de oro. Además, el cuerpo tenía una franja de terciopelo dorado con botones de perlas y diamantes. Y la diadema de la que partía el velo era un delicado trabajo de encaje blanco.

Cali suspiró, sin poder creer lo que veía ante el espejo.

—No podría habérmelo puesto sin ti, Kass.

—Espero que Maksim sepa cómo quitártelo —bromeó Kassandra y, de pronto, frunció el ceño alarmada—. ¿Te has fijado en cómo te lo he puesto para que le indiques cómo sacártelo? Como se ponga nervioso y rompa algo.

Nada más verla, sus hermanas no pudieron contener las lágrimas al ver a la pequeña de la familia vestida como una emperatriz. En realidad, iba a convertirse en una emperatriz del mundo moderno.

132

Las hermanas de Cali comenzaron a adornarla con las joyas, la peinaron y, por último, le colocaron una preciosa corona de intrincado diseño, hecha de oro blanco, perlas y diamantes.

La hora había llegado.

Cali salió de su habitación tan rápido como el vestido se lo permitió, seguida de las demás, que intentaban ayudarla con la cola a pesar de la velocidad a la que iba.

Al llegar a la entrada de la sala de baile, hizo un esfuerzo para frenar la carrera y ocultar la excitación y los nervios que bullían en su interior.

Cuando entró, le pareció que estaba en un lugar desconocido. Habían transformado la estancia en una escena de los más suntuosos tiempos de la Rusia imperial. Las paredes doradas brillaban bajo las luces de las lámparas de cristal, y candelabros de metal iluminaban el altar que había en el centro de la sala. A ambos lados, habían colocado hileras de mesas, con manteles bordados con el símbolo de la región, una cruz entre un fénix y un águila con las alas extendidas. Tatiana le había contado que la vajilla provenía de un juego de porcelana que Napoleón Bonaparte había regalado al zar Alexander. Había unas trescientas personas allí sentadas.

Al primero que buscó Cali fue a Andreas. Le costaba creer que hubiera asistido a su boda, cuando no se había preocupado en ir al funeral de su hermano Leonidas.

Enseguida, lo encontró de pie junto a la puerta.

Como siempre, tenía aspecto de depredador, con ojos y pelo oscuro y brillante mirada. Sin sonreír, al verla, Andreas se llevó la mano al pecho.

Con aquel sencillo gesto le dijo a Cali que la amaba, a pesar de que no era un hombre dado a la demostración de emociones. Por desgracia, ella no pudo detenerse a saborear el momento y tuvo que seguir adelante.

Tatiana fue la siguiente en llamar su atención. Estaba en el centro de la mesa que había a su izquierda, con un majestuoso vestido de satén dorado que había pertenecido a una de las grandes duquesas rusas. Rosa, también muy elegante con un conjunto de Tatiana, estaba detrás de ella, con Leo vestido en colores azul y dorado y un aspecto encantador.

Cali se esforzó en no mirar al final del pasillo. Sabía que Maksim estaba allí, llenado la sala con su abrumadora presencia. Ella quería dejarlo para el final porque, una vez que pusiera los ojos en él, no podría mirar a nadie más.

Aristides, con un resplandeciente esmoquin, caminó hacia ella sonriente y la tomó del brazo para llevarla al altar.

—Tu hombre es capaz de preparar toda una fiesta en un santiamén. Espero que todo esto sea para celebrar tu boda y no el cumpleaños de un bebé.

Incapaz de articular palabra, Cali caminó a su lado y, al llegar al altar y levantar la vista hacia Maksim, tuvo que hacer un tremendo esfuerzo para no caerse redonda.

Él vestía ropas imperiales, la versión adulta del traje de Leo. La chaqueta que le llegaba a medio muslo, de color azul vivo, resaltaba su ancha espalda. Estaba bordada con hilo y cordón de oro, con dos grandes botones también de oro que cerraban las solapas en el pecho. Los pantalones eran de satén blanco con bordados dorados y llevaba unas botas altas de cuero.

Tenía el pelo, que ya le llegaba casi a los hombros, recogido en una tirante cola de caballo que enfatizaba su masculino rostro, sus enormes ojos y la sensual virilidad de sus labios.

Estaba imponente y parecía… hambriento. Cali notó cómo él la devoraba con la mirada y, al instante, se humedeció, lista para ser poseída. No sabía cómo iba a poder resistir el tiempo que le quedaba por delante antes de quedarse a solas con él en el dormitorio.

Cuando llegaron donde Maksim esperaba, Aristides soltó a su hermana, que le había estado agarrando el brazo con fuerza. Entonces, le tendió la mano al novio y se acercó para darle un abrazo.

Cali escuchó su breve conversación.

–Hazla feliz, Volkov –dijo Aristides a modo de advertencia.

–Vivo para hacerla feliz, Sarantos.

Los dos hombres más importantes en la vida de Cali se separaron, y Aristides le colocó la mano de Cali encima de la de él antes de dejarlos solos.

A partir de ese momento, todo ocurrió como en una nube para Cali.

Maksim la agarró con fuerza, como si temiera que ella fuera a desaparecer, mientras un sacerdote recitaba los votos en ruso y en español. A continuación, fue reemplazado por otro sacerdote que hizo lo propio en griego.

Cali solo fue capaz de mirar a Maksim con ojos llenos de amor y gratitud. Él la abrazó con más fuerza, transmitiéndole toda la pasión de su corazón.

Después de haberse jurado amor eterno, él la besó con frenesí. Momentos después, hizo una señal a alguien del público y, acto seguido, Rosa se acercó con un entusiasmado Leo en los brazos. El pequeño se lanzó hacia sus padres, emocionado.

–Todo hombre vive buscando su propósito en la vida –señaló Maksim, hablando a la multitud–. Yo he tenido más suerte de la que podía desear. Vosotros sois mi propósito, mi bendición, los dueños de mi corazón y de todo lo que tengo –afirmó, apretando a su hijo y a su esposa contra su pecho–. Caliope Sarantos Kolkova y mi heredero Leonidas Sarantos Volkov.

Los invitados rompieron en vítores y levantaron sus vasos para brindar por la familia. Sin poder resistir tanta emoción, Cali hundió la cara en el pecho de su amado, llorando de alegría, mientras Leo brincaba y reía en los brazos de su padre.

Después, Maksim la llevó a saludar a los invitados y salieron al vestíbulo, que estaba todo adornado para una fiesta infantil llena de niños.

Cali rio con su familia, charló en ruso con los

amigos de Tatiana, bromeó con los socios de negocios de Maksim y bailó danzas típicas de Rusia y de Grecia.

Horas después, Maksim la tomó en sus brazos y la llevó a un ala de la mansión donde nunca había estado antes. A toda prisa, los seguía Kassandra que, al parecer, había convencido a Maksim para ser ella quien le quitara el complicado vestido a la novia.

Al llegar a una magnífica suite, la depositó en el suelo, le susurró que la esperaba en el dormitorio y dejó que Kassandra la desvistiera. En unos instantes, su dama de honor le entregó un paquete que había sobre la mesa y la dejó sola, vestida nada más con ropa interior de encaje y sandalias de tacón.

Con manos temblorosas, Cali abrió el paquete y encontró dentro la ropa interior más sexy que había visto jamás. Sin perder un momento, la reemplazó por lo que llevaba y se apresuró a ir al dormitorio, deseando encontrar a Maksim vestido, pues llevaba toda la velada soñando con desnudarlo ella misma.

La habitación, pintada de oro y azul, estaba iluminada por cientos de velas. Maksim estaba esperándola, solo con los pantalones puestos, y su mirada se incendió al verla.

–*Moya zhena… nakonets* –susurró él. «Mi esposa, al fin».

***

Maksim contempló a su mujer lleno de deseo. Durante toda la celebración, su impaciencia no había hecho más que aumentar. Por eso, había albergado la intención de conducirla a las profundidades de la pasión en cuanto ella entrara.

Sin embargo, al verla allí, tan hermosa, y al pensar que era su esposa al fin... una sobrecogedora sensación de adoración lo poseyó, paralizándolo.

Como él se había quedado clavado en el sitio, fue Cali quien se acercó. En pocos segundos, ella lo colmó de besos y lo arrastró hacia la cama. Agarrándole del pelo, lo colocó sobre ella y abrió las piernas, rogándole que la poseyera.

–*Moy muzh* –susurró ella con ardor. «Mi marido».

Aquello fue suficiente para desatar un tornado en él. Hundió la cabeza en los deliciosos hombros de ella para morderle el cuello, mientras ella gemía de placer.

–Demuéstrame cuánto me deseas –suplicó ella, levantando los ojos hacia él–. Hazme tuya, sella nuestro pacto para toda la vida, dámelo y tómalo todo.

Con un rugido de rendición, Maksim le soltó el pelo y le arrancó la ropa interior. Deslizó los dedos en su parte más íntima, que estaba mojada y caliente.

Ciego de deseo, se quitó los pantalones y se colocó las piernas de ella sobre los hombros y se hundió en su cálido interior.

Sus cuerpos se entrelazaron entre gritos de placer, mientras ella hundía las uñas en sus nalgas, pidiéndole más. Sus arremetidas fueron ganando fuerza y rapidez, hasta que ella estalló en convulsos espasmos de éxtasis, gritando su nombre.

También Maksim gritó el nombre de ella cuando llegó al clímax, meciéndose en una fuerte oleaje del más puro placer, disolviéndose dentro de ella.

Acurrucada en sus brazos, Cali cerró los ojos. La erección de Maksim, sin embargo, no había cedido, incluso estaba más dura que antes. Pero tenía que dejarla dormir.

Cuando quiso salir de su interior, ella lo detuvo.

–Habrá más, pronto y siempre –prometió él–. Ahora, descansa. Llevas despierta cuarenta y ocho horas y necesitas dormir.

–Solo puedo dormir si te quedas dentro de mí –pidió ella, moviendo las caderas para impedir que saliera.

–Dame tus labios, *moya zhena.*

Ella obedeció y, en medio del beso, se quedó dormida, tranquila y confiada entre sus brazos.

Y, por primera vez en su vida, Maksim se sintió en paz.

Capítulo Ocho

Cali se despertó tumbada encima de su amado. Habían pasado cuatro meses desde la boda, pero la pasión entre ambos no había hecho más que crecer.

Aunque lo único que quería era quedarse allí para siempre, se forzó a levantarse, pues había quedado con Tatiana esa mañana. Habían vuelto a Rusia el día anterior, después de un rápido viaje para comprar un piso en Nueva York.

Contemplando a Maksim, pensó que cada día era más imponente. Apenas podía acostumbrarse a tenerlo a su lado, admitió, maravillada.

Sin poder contenerse, lo besó en los labios y él abrió los ojos con una sonrisa.

—Te quiero, *moye serdtse*. Llevaba toda la vida esperándote, lo supe desde el momento en que te vi —aseguró él, notando cómo su cuerpo subía de temperatura y su erección crecía.

—Yo te quiero más.

—Imposible. Yo soy mayor que tú, así que te quiero más y desde hace más tiempo —susurró él, colocándose ante su entrada, listo para penetrarla.

Ella gimió de placer cuando la hizo suya y, tras unas pocas arremetidas, ambos cuerpos se estremecieron con el orgasmo. Segundos después, él se tumbó a su lado sin soltarla, suspirando de satisfacción.

–¿Así que tú más, eh? –lo retó ella–. ¿Sabes cómo voy a castigarte por eso? –dijo y, sin esperar a que respondiera, lo besó con ardor, atormentándolo hasta que él le rogó que lo montara de nuevo.

Después de hacer el amor una vez más, Cali se dejó llevar a la ducha, donde se pasaron un buen rato enjabonándose y mimándose el uno al otro.

Justo cuando habían salido del baño, alguien llamó a su puerta.

–¡Leo! ¡Corre, ponte la ropa! –exclamó ella, vistiéndose a toda prisa.

–Nuestro hijo tiene buen sentido de la oportunidad –comentó él con una sonrisa, poniéndose los pantalones–. Nos deja saciarnos el uno con el otro y, luego, llega para jugar con nosotros.

Cuando Cali abrió la puerta, Leo entró corriendo, pasó de largo delante de ella y se lanzó a los brazos de su padre, su mejor compañero de juegos.

Cali organizó el día con Rosa y se volvió hacia ellos. Entonces, su sonrisa se desvaneció. Algo iba mal. Leo estaba a los pies de su padre, tendiéndole los brazos. Pero Maksim lo miraba como… como si no lo reconociera.

–¿Maksim? –llamó ella con el corazón lleno de pánico.

Él la miró un momento antes de desplomarse.

–¡Maksim! –gritó ella, y corrió para sujetarlo.

Temblando, Cali colocó el peso muerto de su marido en el suelo, mientras el pequeño lo miraba con ojos aterrorizados.

–Dame el teléfono, llévate a Leo, no le digas nada a Tatiana por ahora, ve a por Sasha –le ordenó Cali a Rosa.

Sin haber querido dejar nada al azar, Maksim le había instruido sobre qué debía hacer en caso de que algo así sucediera. Había llegado a pensar que nunca sucedería…

Como un robot, marcó el número de emergencia del médico de Maksim. Le aseguraron que un helicóptero iría a buscarlo en pocos minutos. Los especialistas que él había elegido lo estarían esperando en el hospital acordado.

Cali se quedó esperando, horrorizada, sintiendo cómo el corazón de Maksim latía con fuerza bajo sus manos. El resto de su cuerpo estaba inerte. Sus ojos estaban vacíos.

Entonces, él movió los labios con torpeza y musitó algo antes de cerrar los ojos.

–*Izvinityeh*.

«Perdóname».

Cali no dejó de gritar hasta que los médicos llegaron. Cuando lo subieron al helicóptero, ella no paró de hablarle, mientras le aplicaban las medidas oportunas para revivirlo. Le dijo que estaba a su lado y que nunca lo dejaría. Le pidió que luchara, por ella, por Leo, por su madre. Pero, sobre todo, por ella. No podría vivir sin él.

Cuando llegaron al centro médico, toda la maquinaria prevista se puso en marcha y, en unos segundos, lo llevaron a la sala de operaciones donde, siguiendo instrucciones de Maksim, no dejaron entrar a Cali.

Incapaz de irse a la sala de espera, ella se quedó en la puerta de la sala de operaciones, enviándole toda su energía y su fuerza. Y lloró.

Doce horas después, seguía esperando. Selene y Aristides habían ido al hospital, pero ella apenas había sido consciente de su presencia.

–Señora Volkov –llamó el neurocirujano.

Cuando Cali se levantó de golpe de la silla, le fallaron las piernas y cayó al suelo. Al instante, empujó a Aristides, que le había ayudado a ponerse en pie, y corrió hacia el médico.

–El señor Volkov ha pasado la operación sin ningún incidente. Ahora está en la unidad de cuidados intensivos. Se quedará allí dos semanas, para que podamos monitorizarle –informó el doctor Antonovich a toda prisa, asustado por la reacción de ella.

Vivo. Estaba vivo, se dijo ella. Había sobrevivido.

–¿Y qué pasa con el aneurisma?

–Durante los últimos meses, estaba situado en un lugar del cerebro imposible de acceder mediante cirugía. Sin embargo, al llegar ayer se había movido hacia abajo, a un punto donde hemos podido extraer la hemorragia mediante un procedimiento no invasivo de endoscopia. Es un honor informarle de que el aneurisma ha sido extraído por completo y la arteria, reparada.

–Pero... ¿cuál es el pronóstico? –quiso saber ella con ansiedad.

–No ha sufrido ningún daño cerebral y la posibilidad de recurrencia del aneurisma es nula –afirmó el médico–. Si le digo la verdad, cuando vino a vernos la última vez hace seis meses, no pensé que pudiera sobrevivir a una hemorragia. Su estado físico no había mejorado mucho desde que tuvo el accidente. Pero el hombre al que he operado hoy es la persona más robusta que he visto jamás. Me atrevería a afirmar que usted es la razón de su milagrosa mejoría.

Eso mismo le había dicho Maksim, que Leo y ella habían sido como un elixir de vida para él.

–Teniendo en cuenta el excelente estado físico del señor Volkov, si no hay novedad en las dos próximas semanas, creo que tiene más del noventa por ciento de posibilidades de recuperarse del todo –añadió el especialista.

–Dígame qué puedo hacer para ayudarle –suplicó ella, agarrando al médico del brazo.

–Siga haciendo lo mismo que hasta ahora. Pronto podrán olvidar este capítulo de sus vidas.

–¿C-cuándo puedo verlo? –balbució ella con lágrimas corriéndole por las mejillas.

–Según las instrucciones dejadas por el señor

Volkov, puede verlo en cualquier momento del día o de la noche, siempre que no haya una razón médica que se lo impida. Puede quedarse con él en la unidad de cuidados intensivos, si quiere.

–Claro que quiero… No hay nada que quiera más en el mundo… por favor.

Los primeros tres días, Cali no se apartó de su lado. Las constantes vitales de Maksim eran fuertes y estables, aunque no recuperó la conciencia.

El médico le explicó a Cali que lo habían sedado para que el cerebro pudiera recuperarse mejor. El cuarto día, al fin, le dejaron despertarse, una hora por la mañana y otra por la tarde.

La primera vez que abrió los ojos, sin embargo, a Cali se le encogió el corazón de terror, pues parecía que no la reconocía. Pero solo duró un instante. Enseguida, la llamó por su nombre.

Llorando de felicidad, ella lo besó y le dijo que lo amaba. No paró de hablarle y de prometerle que pronto podrían estar juntos en su casa de nuevo. Él solo abrió la boca para decirle que estaba cansado y se durmió otra vez.

El neurólogo le dijo a Cali que era una reacción normal y que debía dejar que se recuperara a su propio ritmo y no preocuparse.

La recuperación fue más rápida de lo esperado y, en solo una semana, pudo salir de la unidad de cuidados intensivos. Fue trasladado a una habitación normal y, a la semana siguiente, los médicos dijeron que no había razón para seguir manteniéndolo en el hospital.

Sin embargo, Cali sentía que algo no iba bien. Maksim era el mismo de siempre con Tatiana y Leo, que habían empezado a visitarlo pocos días después de la operación. Pero con ella se mostraba conmocionado y muy poco hablador, encerrado en sí mismo.

No importaba, se dijo Cali. Perseveraría y seguiría a su lado pasara lo que pasara, esperando que volviera a ser el mismo de antes con ella. Lo echaba tanto de menos…

Tres meses después de que Maksim hubiera salido del hospital, a Cali empezaba a flaquearle la confianza. En vez de mejorar las cosas, habían ido empeorando.

Hacía dos semanas, cuando el doctor Antonovich le había dado luz verde para volver a su trabajo, él se había sentido liberado y había tomado un avión de inmediato para hacer un viaje de negocios… solo.

Había estado fuera dos semanas, en las que había llamado casi todos los días, aunque nunca había hablado de nada personal ni íntimo con Cali. Se había limitado a preguntarle por Leo o a pedirle que lo pusiera al teléfono.

El día que tenía que regresar Cali había llegado a la conclusión de que estaba evitándola.

Cuando Maksim entró en el salón, donde todos

146

estaban reunidos para recibirlo, a ella le dio un vuelco al corazón: había perdido peso y se había cortado el pelo. Su mirada no mostraba el más mínimo deseo, como en el pasado, sino solo desolación.

Aun así, Cali corrió para abrazarlo. Pero él se zafó de sus brazos con el pretexto de atender a Leo. Ella se quedó allí sentada, fingiendo sonreír ante Tatiana y Leo, hasta que el pequeño se quedó dormido y Tatiana se fue a la cama. Entonces, Maksim le dio las buenas noches y salió también de la habitación.

Era demasiado. Cali tenía que averiguar qué pasaba o se volvería loca. Así que lo siguió a la suite donde él se había mudado al salir del hospital, con al excusa de que padecía insomnio y no quería molestarla por la noche.

Al entrar, lo encontró sentado en una silla, con la cabeza entre las manos y una postura de derrota en el cuerpo.

Sin poder controlar su instinto protector, Cali ansió librarlo de sus preocupaciones. Al oírla, él levantó la vista y, en sus ojos, ella percibió su... tormento.

Incapaz de contenerse, se abalanzó hacia él para abrazarlo. Le sujetó el rostro con sus manos temblorosas.

–No estoy preparado para esto –dijo él, apartándose.

¿A qué se refería?, se preguntó ella.

–El doctor Antonovich dijo que era normal que

sufrieras cambios de humor. Una operación en el cerebro produce esos efectos.

–Estoy bien. El médico me ha dado el alta. Que no tenga ganas de sexo no significa nada.

–Yo no he dicho eso –murmuró ella, dolida por su comentario–. No te estoy pidiendo sexo. Solo quiero…

–Quieres tocarme y besarme. Quieres que te muestre cariño y que sea apasionado contigo, igual que antes –le interrumpió él con voz grave–. He intentado demostrarte que ya no tengo ganas, pero parece que no captas mis indirectas.

–Está bien. Lo entiendo…

–No –le interrumpió él–. No quieres entender.

Ella se tragó los sollozos, incapaz de soportar su dureza.

–El doctor Antoniovich dijo que podía sufrir cambios de personalidad…

–No he cambiado. Este es mi verdadero yo.

–¿Quieres decir que antes de la operación no eras tú mismo? –preguntó ella con desesperación.

El silencio de él le bastó como respuesta.

–¿Quieres decir que, cuando me dejaste, era porque no me querías? Luego, cuando creíste que podías morir en cualquier momento, me buscaste porque te sentías vulnerable. ¿Es eso? ¿O es que el coágulo de sangre en el cerebro alteró tu personalidad?

Por el gesto de él, Cali adivinó que era cierto. Maksim no podía obligarse a amarla cuando no sentía nada por ella.

148

—¿Quieres que me vaya?

—Creo que... sería lo mejor –repuso él.

Cali se hundió en el más hondo dolor. Pero aún tenía algo que decirle.

—Estoy... embarazada.

—Lo sé –musitó él.

Así que lo sabía. Nadie más se había dado cuenta, pero él...

—Ni a los niños ni a ti os faltará nunca de nada. Y, si todavía me dejas ver a Leo y al niño que va a nacer, no tendremos por qué vernos tú y yo. De hecho, lo prefiero.

Cali sintió una puñalada en el corazón. Volvería a ser madre sola, no de un niño, sino de dos.

—¿Me has querido alguna vez, Maksim?

—No preguntes más, Caliope. No te hagas más daño –susurró él, y apretó los ojos.

Maksim la miró con los ojos llenos de rechazo y no dijo más.

No. Nunca la había amado, adivinó ella.

Solo quedaba irse.

Desde la puerta, se volvió hacia él para dedicarle una última mirada al único hombre que había amado.

—Desde que me dijiste lo de tu aneurisma, he vivido con miedo a perderte. Ahora que te he perdido, me alegro de que no sea la muerte lo que nos separa. Aun así, me siento como una viuda.

Acto seguido, Cali se despidió para siempre de Maksim, de la felicidad, del amor y de todas las cosas bellas que nunca volvería a disfrutar.

En su habitación, Cali se metió bajo la ducha, intentando calmar la agonía. Tanto era su dolor que acabó hecha un ovillo en el suelo de mármol. Así estuvo durante horas, hasta que se vistió, hizo las maletas, recogió a Leo y a Rosa y los llevó de vuelta a Nueva York.

Dieciocho horas después, entró en su casa y les dio las buenas noches a Leo y a Rosa. Volvió a salir de nuevo, pues no quería seguir exponiendo a su hijo a toda la angustia que sentía. Ya había tenido bastante durante el vuelo, en que el niño no había parado de llorar, inconsolable porque su separara de su padre.

Aunque ella no tenía intención volver a verlo, Maksim podía ir a visitar a Leo siempre que quisiera. Al menos, parecía que seguía queriendo a su hijo y que ese vínculo no había cambiado.

Solo el amor que había sentido por ella había sido superficial, tan artificial que había desaparecido en la mesa de operaciones.

El sonido del ascensor al llegar a su piso la sacó de sus pensamientos. Salió al pasillo cabizbaja. Tendría que vender su piso. Tenía demasiados recuerdos de Maksim allí. Tenía que sacarlo de su vida. Y esperaba poder seguir adelante sin él.

Cuando levantó la vista… él estaba allí. Al verlo, Cali dio un traspié y estuvo a punto de caer. Maksim la detuvo, sujetándola con sus fuertes brazos.

–Leo… no está conmigo –balbució ella tras un momento de confusión.

–Lo sé. He venido para hablar contigo.

–No, no, no –dijo ella, zafándose de su abrazo, temblorosa–. No puedes entrar y salir de mi vida a tu antojo. No te dejaré que me hagas sufrir nunca más.

Las palabras de Caliope se le clavaron en el alma a Maksim, hundiéndolo más en su miseria. Pero debía hablar con ella. Tenía que explicárselo.

–Tengo que hablar contigo, Caliope. Luego, no volverás a verme más.

–Eres tú quien no quiere volver a verme, Maksim –repuso ella, mirándolo con desolación–. Yo soy la misma que siempre te ha amado y siempre te amará. No me hace bien verte porque se me congela la sangre de dolor. Por el bien de tus hijos, no vuelvas a ponerte en mi camino.

–Tengo que explicarte… –murmuró él, tomándola del brazo cuando ella trataba de darse la vuelta.

–No quiero que me expliques nada. Eso no cambiaría el hecho de que me has roto el corazón –aseguró ella–. Pero tienes que dejarme salir adelante. Debo superarlo, por mí y por mis hijos.

Maksim apretó los puños para contener su deseo de abrazarla.

–Eso es lo que quiero que hagas. Que lo superes, que olvides…

–No me digas lo que quieres –le gritó ella con un escalofrío–. Y no finjas que te importa lo que me pase. No quiero olvidar. Si te sientes culpable, no puedo ayudarte. El hombre al que amo está imbuido en mis sentidos y mi cerebro, es parte mí. Y, aunque ya no existe, no puedes arrebatarme mis recuerdos, solo para sentirte mejor...

–Cuando caí al suelo, no perdí el conocimiento, Caliope –le interrumpió él de golpe.

Cali se quedó callada, boquiabierta.

–Todo el camino que hicimos al hospital en la ambulancia, era consciente de todo. Nunca había visto a alguien tan destrozado como estabas tú. Y, al verte sufrir de forma tan horrible, me di cuenta de lo que te había hecho. Había sido un egoísta al querer disfrutar de tu amor mientras yo viviera y condenarte a la angustia de mi pérdida tras mi muerte –prosiguió él.

Ella lo miró con lágrimas en las mejillas.

–El doctor Antonovich dice que hay un noventa por ciento de posibilidades de que me recupere del todo. Pero no puedo arriesgarme a que pases por el constante suplicio de saber que hay un diez por ciento de probabilidades de que vuelva a derrumbarme y, tal vez, no me levante nunca.

Entonces, Cali dejó de llorar de pronto.

–¿Quieres decir que sí me amabas? –preguntó ella en un susurro.

–Desde el primer momento en que te vi. Y nunca dejaría de amarte, aunque me quitaran todo el cerebro.

–¿Y decidiste que era mejor que te perdiera mientras estabas vivo? –volvió a inquirir ella–. ¿Te propusiste alejarte de mí después de la operación, para que mi amor se extinguiera y no me doliera tanto tu posible muerte? –añadió, comprendiendo–. Entonces, ¿por qué me has seguido hasta aquí, si lo que querías era que me fuera?

–Quería que te pusieras furiosa conmigo, indignada, que me dejaras con el propósito de olvidarme –explicó él con mirada de angustia–. Pero, cuando me dejaste, tenías aspecto de estar destruida, sin esperanza de superar nuestra ruptura. Dijiste que… te sentías como una… viuda. Y que me… amarías pasara lo que pasara –balbució e hizo una pausa para recomponerse, presa de la desolación–. No podía soportar que pensaras que no te quiero. Te quiero tanto a ti y a nuestra familia… Pero no puedo exponerte a tanto sufrimiento nunca más.

Hubo un momento de silencio, hasta que Caliope habló en un murmullo.

–Si fuera yo quien estuviera herida o en peligro de muerte, ¿me abandonarías? Si supieras que iba a morir en cualquier momento, ¿renunciarías a pasar conmigo un solo día solo para librarte de la angustia de perderme?

–Daría mi vida por pasar un solo minuto contigo –aseguró él con los ojos humedecidos–. Y nada me apartaría de tu lado.

–Pues tú me estás apartando de tu lado.

En ese momento, Maksim se dio cuenta de que su misión había fracasado.

–Caliope, prefiero morir antes que hacerte daño. Pero, haga lo que haga, te haré sufrir, por eso, pensé… –dijo él y exhaló con un gemido–. No sé qué pensé. Al ver cómo sufrías, supe que nuestro amor no se extinguiría aunque nos separáramos…

Cuando él se interrumpió, sintiéndose impotente y derrotado, Cali lo abrazó con suavidad, queriendo protegerlo de sus miedos y sus inseguridades.

–Pues acepta tu destino, Maksim. Sé mío por el resto de nuestras vidas, duren lo que duren. Sé feliz conmigo y da gracias, igual que hago yo, por cada segundo que estemos juntos.

Solo con esas palabras, la ansiedad que había atenazado a Maksim se esfumó, mientras la estrechaba entre sus brazos.

–No puedo dejar de amarte. Eres mi aliento y mi corazón late con tu nombre. Soy todo tuyo. Por favor, no me dejes nunca.

–Eres tú quien me deja a mí cada vez que tu sentido del sacrificio y la protección te confunde –replicó ella con lágrimas de felicidad en los ojos.

–Si alguna vez me vuelve a pasar, dame un buen golpe en la cabeza y abrázame fuerte.

Mientras ella lo acariciaba con delicadeza, sonriendo con ternura, Maksim derramó lágrimas de pura felicidad.

–¿Crees que si dedico los próximos treinta años de mi vida a hacerte feliz podré compensarte por todo el daño que te he hecho?

–Tendrán que ser cincuenta –repuso ella, abrazándolo con fuerza.

Entonces, Maksim la llevó a la cama, donde sus cuerpos se unieron como si fueran solo uno. Nunca más volverían a separarse. Cada segundo que pasaran juntos merecía la pena. Y, si tanto gozo no podía ser eterno, ¿a quién le importaba? La vida se terminaba, pero su amor nunca tendría fin.

Tras una larga noche de pasión y abandono, Maksim se incorporó, admirando la belleza de su amada.

–¿Podemos ir a buscar a nuestro leoncito?

–Sí. Echa mucho de menos a su papá –contestó ella, radiante–. Maksim…

–¿Sí?

–Si el bebé es un niño, quiero que se llame Mikhail. Y, si es niña, Tatiana Anastasia.

Él hundió la cabeza en su cuello.

–Me vas a matar con tanto amor.

–Quiero que vivas como nunca lo has hecho.

–Sin ti, solo existía –confesó él–. Contigo, estoy vivo. Nunca podré agradecértelo bastante ni demostrarte cuánto te amo.

–No se te da mal demostrármelo. Solo tienes que dejar de abandonarme.

Sintiéndose bendecido por su perdón, Maksim tomó su rostro entre las manos.

–Gracias por mostrarme lo mejor de mí mismo, por amarme cuando yo lo hice imposible, por no olvidarme… Te prometo que te haré la mujer más feliz del mundo.

–Te tomo la palabra –repuso ella, mirándolo con adoración–. Y te prometo que yo nunca más voy a dejar que te vayas.

–Nunca más, *moya zhena, moya dusha* –afirmó él–. «Nunca, mi esposa, mi alma. Esto será para siempre».

Deseo

ROMANCE CLANDESTINO

JENNIFER LEWIS

Primero había descubierto que era hija del presidente de los Estados Unidos, y después se había enamorado de un príncipe británico. La vida de Ariella Winthrop ya no podía complicarse más. ¿O sí?

Una cosa era divertirse con Simon Worth, tener con él encuentros apasionados en secreto y, otra muy distinta, mantener una relación seria con él. La monarquía británica no quería que su querido príncipe saliese

con una estadounidense, y mucho menos con alguien como ella, pero todo cambió cuando Ariella descubrió que estaba embarazada. Tenía que luchar por lo que era suyo.

Realeza estadounidense

NOCHE EN VENECIA

KAT CANTRELL

Lo que se suponía que iba a ser una aventura de una noche se transformó en mucho más para Matthew Wheeler. Evangeline, la misteriosa mujer que conoció en un baile de máscaras, lo impulsó a salir de su exilio autoimpuesto. Por fin podría olvidar su trágico pasado y perderse en esa mujer tan increíble. Pero dejarse ir tenía un precio…

El anuncio del embarazo de Evangeline hizo que la realidad se impusiera en su castillo veneciano. ¿Estaban preparados para hacer pública su aventura secreta? ¿O su romance terminaría con la luz de un nuevo día?

Una noche mágica que lo cambiará todo

¡YA EN TU PUNTO DE VENTA!